Middle

Middle

純屬虛構

Middle —— 著

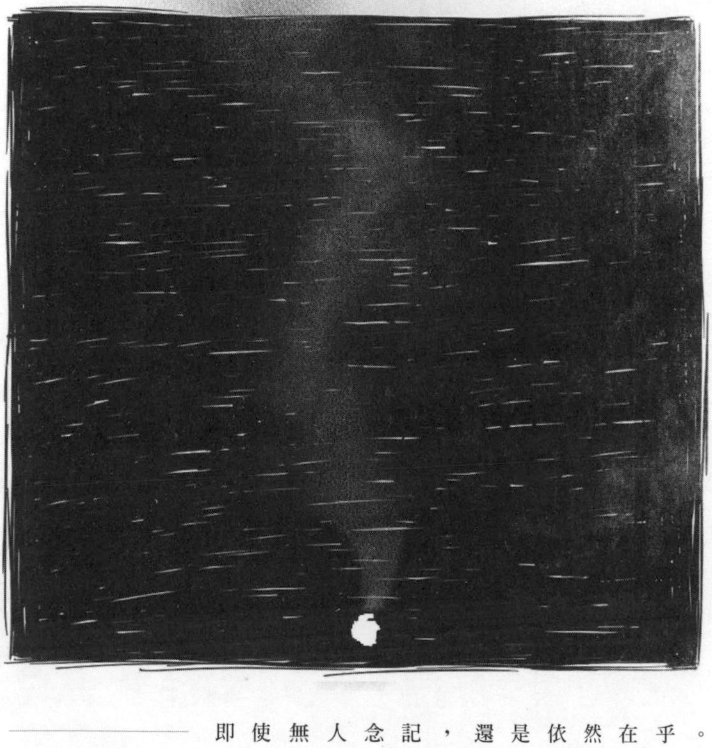

即使無人念記，還是依然在乎。

復刻版序

有些事情，即使最後沒有太多人念記，但還是依然會有在乎的人，那麼繼續堅持，就已經不枉了。

這本書的書名，其實是源於我十年前所開的 blog「純屬虛構」。那時候，每天都會在 blog 裡寫短篇故事，沒太多打算，只是寫自己想寫的、覺得開心就夠。二〇〇五年秋的一個晚上，收到編輯小姐阿丁的電郵，問我有沒有興趣將故事投稿到她當時工作的出版社。於是我整理了自己之前所寫的故事給阿丁，慶幸出版社看過後同意出版，最後就誕生了我的第一個女兒《純屬虛構》。

可以出書，到現在還是會感到十分幸運。只是當時的反應並不是太好，書沒有上任何排行榜，也沒有再版，很快便被放到書架角落，甚至漸漸再見不到蹤影。是有些失望，但這盆冷水也是一個機會讓我清醒，反思自己有哪些地方仍然不足。沒有再出書也好，自己可以更心無旁騖地在網上寫故事，不用太理會市場反應或銷量，只要自己與來看的網友喜歡就好……

只是數年後，出版社決定要將賣不完的書拿去銷毀時，還是會感到難受。

當時不止一次想過，自己是不是還要繼續寫下去。幾年來總共寫下幾十萬字，沒有半點收入，仍然還會堅持，是因為自己真的喜歡寫，也是為了答謝每天來看的朋友與讀者。只是心裡對他們會有一點歉疚，覺得自己辜負了他們一直以來的支持。偶爾有讀者問我何時會再出書，我都回答會繼續努力，但心裡也會問自己：真的會有再出書的一天嗎？也許最後都不會有吧。那繼續寫下去又是為了什麼呢？值得嗎……

曾經有一段日子，實在失去了寫作的欲望，寧願將時間用來多看點書。可是又有多少次，大家看完故事後花心思寫給我的留言與感想，卻又將我從那種看不清前路的孤獨感裡拯救回來。

其實，有沒有變成一本實體書，並不是最重要的事。有時寫作並不是為了要讓很多人都喜歡讚好，有沒有寫到心裡面最想表達的一幕，有沒有讓你心裡某一些特定的人也感到共鳴，才是自己原本的初衷。

出書是值得慶幸，但更幸運的，是自己擁有一直支持我的讀者，讓我可以走我自己喜歡的路、任性地寫下去、貫徹始終，也讓我的文字可以去到更遠的地方、接觸到更多不同的人。

然後有天，終於可以遇到另一次運氣、再出第二本書；然後有天，當初的出版社發電郵來問，想不想再重印《純屬虛構》……

我婉拒了。

最初會有這本書、可以成為一個作者，是因為有阿丁的賞識與鼓勵。這兩年來曾經有其他出版社提出想再版《純屬虛構》，但心裡還是希望可以由阿丁及她的出版社來負責。感覺上，自己是用了十年的時間，讓這一本書得到再版的機會；當然箇中意義並不止於此，但實在希望可以與她一起為這一本書來作一次紀念。沒有她，就不會有這第一本書。在人生路上，除了家人，能夠陪自己走十年的人與事並不太多，很慶幸我遇上了。您呢，您也有一些陪自己走過十年的人嗎？

希望下一個十年，還可以在文字裡遇到您，讓我們再一起細說當年。

Middle

序

看過我的故事的朋友，很多時候都會問我這一個問題：

「那些故事到底是否你的親身經歷？」

對於他們會這樣問，我一直是覺得有趣而奇怪的。想當初，我在一個網路空間開設了一個 blog（個人網誌，或稱「部落格」）發表文章，blog 的主題名稱正是這本書的名字——「純屬虛構」。

開宗明義，故事應該只會是故事，與真實甚至我的親身經歷應該風馬牛不相及。但看過的人，很多時候都會問上這一個問題，有時候更會將當中的故事角色投射到我身上，而直接對我提出他們的看法或建議。遇上這些情況，有時真的感到頗尷尬。

其實，我只是想記下一些大家都可能遇過的事與情，借用故事裡其中一個角色所說的話：

「我只希望自己寫的東西不會太浮誇，能夠令大家有所共鳴；如果說的都只有自己才理解的事，就不會有人來看了。」

我是真的如此想。

在網路裡寫下這些故事，除了是為自娛和抒發感情，更希望是與其他不同的人有更多的思想及意見交流。所以，若大家看過故事後有任何意見或想法，甚至是認為故事不好看又或我的文筆太差而有任何批評指教的話，不妨寫電郵告訴我，我會樂意去了解的，謝謝。

但若然，看到最後您的心裡仍浮起這一個問題的話，請容我為您的疑問作以下的回應——

有一些真，有一些假；而到底哪些是真，哪些是假？是雨是淚是對還是錯？大概只有您心裡才會明白……

希望您會喜歡這本書。

Middle

寫於 2006 初版

目錄

復刻版序 4
序 8

不是純屬虛構 12
某日偶遇 82
最後勝利 88
近況 96
二月的那一個十四 102
搭檯 114
無言 120
兩個故事 126
熱線 132
樂透 142
白粥 150
找信 156
颱風 164
可愛 170
煮麵 176
秋夜 184
曖昧 190
結幕 198

《不是純屬虛構》

假如，現在所看的，是某人的網頁……

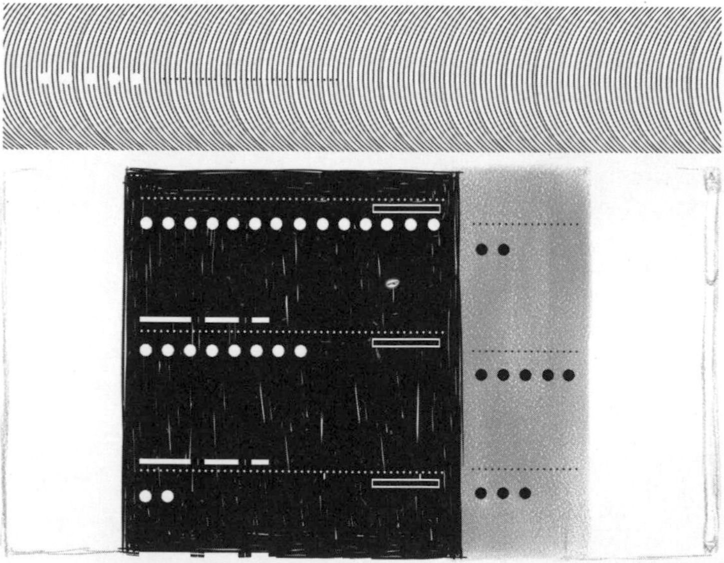

最近我跟衣車去看了一齣電影，內容是講述一群大學生異想天開地投資開拍成人電影創業。

劇中有一個角色提到一個名詞：「純粹愛情關係」。

他認為，一個描述「純粹愛情關係」的故事，跟一個講述「愛情」的故事，是有分別的；只是劇中其他人都不太理解當中的差異，覺得那同樣是在講述「愛情」，又有什麼分別。

散場後，衣車跟我討論劇情——那是她的興趣。通常我是慢慢消化回味完劇情才跟他人討論的，她卻等不了，總愛先談為快。

期間我們提起那個名詞，她有點不屑地說：「那是導演在瞎扯，將普通的一件事物裝扮得莫測高深，像是在模仿王家衛似的。」

我覺得好笑，對不曾看過王家衛電影的她說：「我想那不是言之無物吧。雖然戲裡沒有作深入解說，不過想深一層，那應該是有點分別的。」

但當我說完，我便發現她以一種相當奇怪的眼光看我，就像是看著「一隻異類」似的。我只得投降，不再對這話題發表謬論，轉去討論片中的女優主角如何吸引人。

結果最後我由「異類」升格為「色狼」。

有時會覺得，我跟衣車的思考地帶總有一點點距離。

雖然這不會影響我們之間的感情，但很多時候就因這一點差距而令一些東西不能再深厚下去。

第二天，她致電來，問我：「你今天有空嗎？」

「有空，這麼多天連假，想沒空都不行。」

「不如陪我出外逛逛吧，我想去銅鑼灣金百利，想去無印良品買零食，想吃小南國的石頭麻婆豆腐飯……你說好不好？」

「好……」那些地方我也有興趣去逛，但我還是問道：「但妳為何不找妳男朋友陪妳？」

「他沒空，而且他也不愛逛街。」她冷冷地說。

聽到這一個回覆，我也不好再說什麼，只有赴約。

坐在巴士車廂裡，窗外景色不停在變化，腦裡也開始胡思亂想起來。

跟衣車是多年的朋友，由開始不熟悉時的水火不容，發展到現在跟她像好朋友般相知相惜。

以往跟她並不經常見面，一個月裡大約會有一兩次吧；但不知從何時起，變成每星期一次；然後再不知從何時起，變成每星期有兩三次。

像這幾天，已是連續兩天一起出外遊玩了。

一直認為，男／女朋友應該是除了親人外，自己身邊最親密的人。

不過衣車卻不然，她跟她的男朋友看來並不親密到哪裡去。

她的男朋友很忙，平時兩人不常見面，也不常通電話。再看真一點，他倆的性格其實也不相襯。他好靜，她好動，興趣也大不相同。

也許這些都只是我這個外人眼中所看到的表面。

只是有一次，衣車急需要一筆錢周轉，開口問我借，可當時我連自己也顧不好，幫不了她。

我問她：「妳有沒有找妳男朋友幫忙？」

其實我是想知道她男朋友已經借了多少給她，現在還欠多少才足夠。

怎料她回答我說：「我沒有向他說，我不想他擔心。」

這是一個奇怪的答案。

他們其實已經不太愛對方了吧，我有時會想；但他們仍保持著「男女朋友」這一個名分、這一個關係。

他們有時會很親密，親密地手牽手親熱地出現在朋友面前；有時卻會很陌生，陌生到不想另一半知道自己的境況、自己的難處。

當太平靜、太苦悶時，她會跟我說想跟他分手。

我通常會如此回應她：「分吧，分手後找第二個吧。」

但過後都總是分不了，我知道那絕不是緣分的安排使得他們繼續一起走下去。

或許他們明白真正的原因，卻絕不會承認。

他倆擁有一個「愛情」的名分，害怕失去它；但另一方面，在他們之間已沒有了「愛情」這一項本質。

自那時開始，衣車找我的次數變得愈來愈頻繁。情況開始變為，我是她身邊最親密的異性朋友。

有時她男朋友找她不著，更會直接致電問我她在哪裡。

坦白說，其實我是不介意跟一個異性朋友如此親密的

——若她本身是沒有男朋友的話。

唉。

想著想著，巴士已經來到銅鑼灣。

我走到之前約定的地點，衣車已經在那裡等候了。

她看到我，有點抱怨地說：「你遲到。」

「隧道塞車嘛。」

「我不管，待會你要請我吃東西。」說完便挽起我的手向金百利商場走去。

當衣車的手挽著我時，我感受到她的手疊在我的手臂所帶來的溫暖及重量。

我問自己：從何時開始我們變得這麼親密？

我望向她，只見她一臉自然，毫不在意。

忽然她像是感到我的目光，轉頭望向我，我卻像做錯了事般立刻別過了臉。

為什麼我要避開呢？我不明白，但在疑惑的同時，我亦感到了一陣懊惱。

晚上我們去了小南國吃飯，那是一間以上海菜馳名的餐館。

甫坐下衣車便搶過菜單，說：「今晚我點菜，不許你點。」

我無所謂，靜靜聽著她向領班點了狀元麵、小籠包、蔥油餅等等那些我們常吃的東西，領班把那幾道菜複述一遍後便離開了。

忽然我記起她今早說過的話，於是問道：「妳不是說過想吃石頭麻婆豆腐飯嗎？剛才妳沒有點這個呀。」

我以為她忘記了，怎料她卻笑著對我說：「我聽到你的嗓音像是有點沙啞，怎麼能吃麻婆豆腐？難道你要我獨自吃整鍋飯害我要減肥嗎？」

聽到她這麼說，我有點愕然，因為從不知道她會這樣細心地留意我。近來吃了太多燥熱的東西，喉嚨的確是有點發炎；對此我自己一點都不在意，她卻在意了。

那餐飯我食不知味。

飯後她的男朋友忽然致電給她，說難得有空閒時間想跟她見面，她掛線後跟我說聲抱歉便急著離開了。

這種情況已不是第一次，我已經習慣。

我笑著對她揮揮手，便轉身往人群處走去。

在人來人往的街上，看著四周都是成雙成對的情侶，我忽然想：如果他們是一對沒有愛情的男女朋友，那麼我跟衣車又算是什麼呢？

我立刻搖了搖頭，不讓自己再想下去。

「純粹愛情關係的故事」跟「愛情故事」有著決定性的差別，但一些人對此都有默契地絕口不提，或是裝作不明白。

事實上不是他們不明白，而是他們選擇性地不去接受令自己或大家難受的真相。

這是矛盾，也是逃避，但在某層面上對大家都帶來好處——即使，那或許只是短暫的。

後來，我乘小巴回家。

車駛得很快，小巴沒有關上窗，冷風像刺般不停吹打我的臉，吹得有點痛，但我還是沒有意欲把窗關上。

那一刻，我好希望冷風能吹走心裡的那一點點無奈，因為那實在讓我感到好沉重。

可是，最後儘管臉已吹得發紅，心裡的感覺仍是一樣。

問題還是存在著，我知道。

這一晚，大概會很漫長……

第二天下午，我在家附近的一間麥當勞，準備開動「早餐」——吉事堡餐時，手機突然震動起來。

難得有點食慾，對這一個不合時宜的來電，我有點懊惱；但最後還是把手機拿出來，看了看來電顯示，結果發現那是衣車的來電。

在正常情況下，我會立即按下接聽鍵，而不管當時正在忙著什麼——我試過正在小解時接聽她的電話，結果被她罵我變態，後來還禁止我帶手機進洗手間。

但是這一次，我忽然不想接聽她的電話。

不知道為什麼，心裡有一道聲音叫自己不要接。

我把手機放在桌上，它不停震動著，我的內心也一直在掙扎。

經過了十秒、二十秒、半分鐘、一分鐘……，最後，它不再震動。

我有點呆，慢慢地把手機放回口袋裡，繼續吃早餐。可是只吃了幾根薯條，喝了幾口可樂，便沒心情再吃下去。

身邊有個小孩一直跟他媽媽嚷著想要吃薯條，但他媽媽不知為何不願買給他吃。我忽然覺得，小孩子對自己想要的東西是多麼清楚及直接，不像成年人般時常猶豫，不像我般拖拖拉拉。

最後，我把薯條跟吉事堡讓給了小孩的母親，在她奇怪的目光目送下離開了麥當勞。

我想，很多人曾為跟另一個人不能順利地發展出愛情關係而遺憾過吧。

在此要說的，不是落花有意、流水無情那一類，而是互相都有意思的那一類。

那個人本身是你的朋友、好朋友或知己，彼此都隱約感到對方喜歡著自己，可偏沒有發展成為情侶，甚至沒有向對方表白過，最後大家的關係更變成無疾而終。

終結的原因有很多種，外在或內裡都有，諸如其中一方已有另一半、四周的環境不容許你們談戀愛、不清楚對方心意而缺乏信心、又或者雙方都沒有勇氣開口，甚至是對自己的心意後知後覺……

只因這些原因的存在，致使你們沒有跨前一步。

但他在你心目中的位置，卻可能比任何人都高。

你會十分在意、關心他，比較起來，對你的另一半也不曾這樣在乎過。

可能這是遺憾使然，得不到的東西有些人會硬說成酸的，但在得到與得不到之間卻會使人覺得虛無而更珍惜它。

我總愛稱這樣的關係為「曖昧關係」——未能名正言順，感覺似有還無，在朋友與愛人這兩種關係之間，彼此的感情曖昧地發展起來。

曾經跟一個人有過一段曖昧關係。

開始時是公式化的劇情。

她是朋友的朋友，一經認識後，發覺大家的性格及興趣意外地合拍。

我倆時常一起聊天，說盡世間的各種事物；閒時也愛結伴同遊，走遍每一處我們想去而未去過的地方。

她很關心我。記得有一次，我病了不能下床，她還來我家替我弄晚飯。

我十分珍惜她這一個朋友，因為她很了解我的想法，比一些認識多年的朋友還了解我；而她待我也是如此的好，甚至比以往的一些女朋友還要好。

所以，她說什麼我都聽她的，總是順著她的意思。

我當時在想，所謂的紅顏知己，大概就是這樣子吧。

但有一天，有一個較熟稔的朋友忽然跟我說：「最近你跟她是不是在偷情？」

雖然我知道他是在說笑，卻仍因此而冒了一身冷汗。

她本身是有男朋友的，而那人也是我的朋友。因為那朋友的一句話，我不禁回想起，在早一段期間，她的男朋友去了哪裡？在我跟她一起去看電影時，他在忙著嗎？我知道那天他正好放假。在我跟她晚上通電話時，他在忙著嗎？但每次掛線後上網，我都看到他在聊天室一直在線。在他生日那一天他在忙著嗎？我想不會吧……但我記得她曾致電來單獨約我出外吃晚飯。

她有告訴他這些事嗎？我知道應該沒有，因為一直以來他都管不著她，她也討厭對所有事都詳細說明。

對「偷情」這一個名詞我是很敏感的，因為實在不喜歡做事偷偷摸摸；可是我現在的行為倒像是在偷偷摸摸了。

她是喜歡我嗎？冷靜下來一想，感到她是喜歡我的。

至於我呢？大概被「偷情」所帶來的衝擊影響，自己卻沒有再去細想了。

或許我更清楚，自己是討厭做一個第三者吧。

結果我沒有分辨清楚自己的感覺，只是急著盤算如何跟她疏遠。

於是，我開始不常接她的電話，不再跟她單獨上街，對她總是冷言冷語、說話一句起兩句止，甚至在簡訊裡將她放到 invisible list 內。

她曾經在我面前表現過她的難堪，但我都裝作視而不見。

過了不久，她再沒有主動聯絡我，逐漸地變成比一對普通朋友還要陌生——那是我希望達到的效果，我成功了。

不過再過了不久，我就後悔了。

我後來發覺，原來自己一直都是喜歡著她的。

當偶然去到某些曾經跟她一起去過的地方、想起某些跟她聊起過的事物時，我都會想起她。

她真的只是我的一個紅顏知己嗎？我知道不是。

在她如此關心我的同時，我不也是在如此關心她嗎？

記得有一次，我以前的女朋友對我下過一句「批評」：「最近很難約你出來，你像是在談戀愛似的。」

最初我不明所以，但現在回頭看，我當時真的像在戀愛，只是心裡不讓這成為事實而不願正視罷了。

難得遇上一個跟自己志趣相投、而又喜歡的人，那該是一件極難得的事。但我卻把這機會放棄，甚至破壞了。

回想起來，倘若她當初真有瞞著男朋友的打算，也是可諒解的吧？我有表示過喜歡她嗎？我沒有，她又能怎麼辦呢？就算成為一個第三者而介入，又有什麼問題呢？但我為了保護自己而忽略了她的感受。

我驚覺自己幹了很多過分的事，想做點什麼去補救，但後來發覺已補救不了。

當你一直想跟一個人談話，她對你總是冷言冷語；當你一直想討好一個人，她對你總是不假辭色；當你在她面前表現你的難堪，她總是視而不見；你就會知道，那個人有多討厭你。

在我嘗試補救的同時，我也承受了自己過去對她所做過的種種冷漠絕情，也因此才知道，過去我對她的傷害原來有多深。

結果，我們變得比一對普通朋友還要普通，甚至再沒有任何見面、任何聯絡。

很久以後跟一位朋友說起這一件事，他笑罵我說：「現在哪有人這麼笨的？當然是先拿到手再打算嘛。」

我覺得那有點隨便，但也為當時沒有好好想清楚才去決定而一直懊悔。

而這份遺憾，反覆折磨了我好幾年。

有時我會想：如果可以重來一次的話，我會怎樣做呢？

晚上，我攤坐在床上，對著電視機發呆。

螢幕不斷切換著畫面及人物，劇情也一直在變化，但那些編劇的苦心跟演員的努力全都沒有進入我的腦中。

雙眼的焦點早已不知飛到哪裡去，心裡像是在等待著什麼似的。

忽然那放在床上的手機震動起來，我把它拿起，看到來電的人是衣車。

我立刻按下接聽鍵，電話迅即傳來衣車的責罵聲：「壞蛋！今天下午我打電話找你，你竟然沒有接聽我的電話？更過分的是，你之後都沒有回電給我。你快點告訴我，你剛才在忙什麼？是不是在偷情？你知不知道，這個下午我沒事做有多悶？你忍心把我悶死嗎？——」

她的聲音一直傳過來，我靜靜聽著，感到一顆心像著了地似的，回來了。同時間亦感到一種疲倦感，我忽然變得不想再思考下去。

「喂……」我打斷了她，用一種不像是我自己的聲音向衣車說：「我想問妳一個問題。」

她在那邊聽到我的聲音後，像是感受到我的認真，立即靜了下來不發一語，與她之前的吵鬧成為一種強烈的對比。

我知道她正在家裡，因為我聽到她背後傳來的聲響，她跟我正在收看同一個電視節目。劇情講到男主角終於發現自已對女主角的心意，卻為了不知是否該介入變成三角關係而猶豫起來。但是觀眾今晚仍未能知道答案，因為播放時間已完結，電視正在播放著片尾曲。

當片尾曲完結，我終於開口問了她一個問題——一個直到後來我還在判斷著該不該問的問題：「到底我們現在……是什麼關係？」

其實，只要冷靜下來想清楚，便能知道該怎樣去適當處理任何問題。

現在還想不通，就休息一會兒，下一刻再慢慢去想，太心急有時反而會弄巧成拙。

只要你保持清醒理智，最終你總會找得到想要的答案。

可是，很多人對道理是知道及明白的，但當身在其中時，卻不會自動記起。

而我，就是這一類人……

即使時光真的可以倒流，讓你回到過去重新經歷同一件事情，也不等同你能做出更好的抉擇。

更何況，你現在所面對的是不同的事情及人物；表面上縱然相似，內心總有些微差異。

過往你對一件事所得的經驗、回顧及對應之策，真的能完全合用於現在這一件事上嗎？

後來，我跟衣車都沒有作聲。

大家一直沉默，只有電視的聲音仍從聽筒裡傳送過來，這好使我知道她尚未掛線。

時光一秒一秒地過去，我感到自己像是在跟她拉鋸著似的；但我實在忍受不了這種靜默，心裡漸漸緊張起來。

於是我走到窗前，讓晚風令自己清醒一點，正想開口打破這悶局，衣車忽然說：「我媽要用電話，待會我再找你。」然後迅即掛了線。

說實話，認識了她好幾年，從沒聽過她會因為她母親大人要通電話而願意放棄電話使用權。

她只是不想跟我談下去而已。

我重重地躺在床上，看著天花板，腦裡一片混亂。

究竟是怎麼了，為何會去問她那一個問題？是希望得到什麼嗎？還是其實想放棄什麼？問了那一個問題後，會有什麼後果及影響，我有清楚考慮過嗎？

即使我討厭曖昧，希望能夠名正言順，但是要名正言順，又是否要問那一個問題？

我不知道……

只隱約覺得，自己像是在重蹈覆轍。

最後想得累了，這兩天實在想了太多事情；我懷著自責的心情，不安地合上雙眼，然後逃到黑暗裡去。

在那裡我遇見一個女子，她一直對著我微笑。我有點好奇，問她在笑什麼，怎料她說她在笑我的愚蠢。

我覺得她很面熟，但是始終記不起她是誰。

往後的日子，衣車都沒有致電給我。

試過打給她，但是她沒有接聽我的電話。

我想，依照她的性格，她是在生我的氣吧。

冷靜下來一想，我的問題也太不負責任了。那就像是：大家一起走上山頂看日出，忽然你隨便地問太陽為何在東邊而不是在西邊升起，然後認真地把調查工作及報告，交給其他跟你一起看日出的人去研究一樣。

是這樣吧？

她愈久沒來電，我就愈責備自己。

但在自責的同時，心裡總會有一種感覺，自己像是忘了一些很重要的東西。

兩星期過去了。

有天，有一個朋友生日，約了大家去唱 KTV 慶祝。我是當晚無意中才在網上看到壽星的通知，心想是誰作聯絡人？哪有人這麼遲才發消息？

那晚公司要加班，我不能準時九點赴會。結果，當我到達 KTV 時，差不多已近十點。

我想大概要被他們連灌三杯啤酒以作遲到的懲罰。

匆匆走到約定的房間，在門外停下來，我吸了一口氣，打開房門，眼光飛快地搜尋著今天的主角，大聲說著預先準備好的話：「生日快樂、恭喜發財！祝你福如東海、壽比南山，一年肥過一年……」

主角聽見了，已經立即笑著把花生向我丟來。我正想閃開，忽然看到門前的座位坐著兩個人——衣車跟她的男朋友。

我不禁愣了一愣，動作遲緩起來，結果被一把花生撒得一頭都是。

從沒想過衣車會出席今天的聚會，我總以為衣車與壽星不熟……但我轉念想到，她的男朋友與壽星卻熟稔得很，她應該是陪伴他而來吧。

我走到洗手間把身上的花生清理乾淨，並將自己的思緒整理一下——這一刻心裡實在亂得很，一直想聯絡衣車但找不到，卻在這裡遇見她；只是她的男朋友也在她身邊，這種境況是我從沒預想過的。我唯有扭開水龍頭，將冷水潑向臉上，希望能令自己的心情平復一點。

當我走出洗手間，想找個位子坐下時，又發現了一個難題——除了衣車的旁邊外，再沒有其他空餘的座位。

壽星這時發話了：「喂，坐吧，我要你自灌三杯，當作懲罰。」然後向我奸笑。

大家已經倒好了酒，並把杯子移到衣車前面的那張矮桌上。

我只得苦笑，依言坐在衣車的身邊——那一刻真有點如坐針氈的感覺。

為了把那難受的感覺消除，我一口氣連灌了那三杯啤酒。大家都為我的舉動而歡呼，我也因此而暈頭轉向，心情也有點開揚起來。

只是在那過後，我又開始感覺到，衣車那有意無意間向我探望的目光。

*

這晚的氣氛很熱烈，大家都玩得很投入。拚酒、划拳這些玩意兒自然少不了，壽星要連敬在場三十個人三十杯酒，更是高潮所在。玩不了多久我就忘卻了之前的煩惱，樂在其中。

後來不知誰提出了一玩意兒，要在場的情侶檔唱一首合唱歌曲，比賽一下哪一對唱得最好。那自然沒有我參與的份兒，我繼續跟壽星玩吹牛，報我那三杯之仇。

突然音箱傳出衣車的歌聲，這是我今晚第一次聽到她唱歌，之前她都只是伴著她的男朋友與其他朋友玩樂。

我暗地留心起來，聽到她跟她男朋友正唱著〈其實你心裡有沒有我〉。

想起這歌名，我不禁聯想起他倆之間的情況，並有點感慨……

這個問題，其實是不是真的應該提出來，問一問對方呢？

唱到中段，我的左手手掌忽然被別人的手緊緊握住，那使得我的身子陡然一震……

因為我清楚知道那手掌的主人是誰。

衣車本來是不太喜歡鄭秀文的歌，而這首歌是她點的，還是她男朋友點的？我感到我的心跳愈來愈快，那是因為她的男朋友就在我們身邊，還是她想表達的心意令我太震撼？我腦裡浮起這些疑問，一片混亂，對這些問題都理不出答案來。

只是，她手心的溫暖漸漸傳到我的手心，再漸漸傳送到我的心裡。我感到，我的心也像被溫熱了。

我忍不住轉過頭望向她，她正看著螢幕努力地演繹著。只是我的位置正處於她與螢幕的中間，使得那就像是她正看著我唱著這一首歌……

「其實有否一點喜歡我
其實心裡有沒有我……」

過了零時，我們為壽星唱生日歌，切蛋糕。

吃過蛋糕後，衣車的男朋友因有事先離開了，她卻選擇留下來跟我們繼續狂歡。

後來，我玩到凌晨兩點，也嚷著要離開回家。結果得要我再自灌一杯後，才成功脫離那個瘋狂聚會。

離開KTV，走在銅鑼灣的街上，可能是酒精的關係，頭仍然昏昏的，覺得剛才就像是做了一場夢，沒有一點真實感。

突然，我的右手馬上又令我重溫剛才的感覺——它又被人緊緊握著。

轉頭一看，見到「出手者」是尾隨跟來的衣車。

我覺得有點啼笑皆非，問她：「上次我問妳的問題，妳好像還沒答覆我吧？」

她笑著接話：「剛才在 KTV 我問你的問題，你好像也沒答覆我。」

「妳問了我什麼嗎？我以為妳是唱得太投入，才緊張得捉著我的手呀。」

「你知道我是認真的。」她說完這一句話，便用另一隻手捉著我的左手，並站在我的面前，定睛看著我。

我停下腳步，看著她雙眼，彷彿從她靈動的雙眼中，接收到她那認真的訊息。

其實我也想認真地探討這個問題，分辨清楚我跟她是什麼關係，只是今夜我的思緒，早已被她雙手傳送過來的溫暖打亂了。

而這些日子裡的自責，反而挑起我那埋在心底已有數年的遺憾。此刻它們正努力地提醒著我，成為了心裡最大的一道聲音——你已經放棄過一次，這次你也要放棄嗎？

過了良久，我終於鬆開衣車的雙手。

只見她眼裡有點苦，然後我立即把她的身子拉過來，緊緊地抱著她。

她像是有點不知所措，身子變得僵直了，但那也只是一剎那的事……因為我清楚感受得到，她那抱著我的一雙手，用力有多緊。

甚至，比我抱她的更緊。

CHAPTER 04・《夢終人》

星期天，我與一群老友在茶餐廳茶敘，大家有說有笑，好不熱鬧。

臨近尾聲時，懷裡的手機震動起來，我拿出來接聽，是衣車的來電。

「喂，你在哪裡？」聲音好不嬌柔。

「我……我在旺角。」我發現自己有點吞吞吐吐。

「待會有空嗎？我們去看電影好嗎？」

「唔……妳在家吧？待會我去接妳。」

老友們留意到我的「不自然」，全都聚攏了過來。我匆匆掛線，他們立即連珠炮地向我發問：

「交了女朋友嗎？」這是一個正常的問題。

「什麼時候認識的？」語氣帶點酸，不是吧……

「何時帶出來介紹給大家認識啊？」笑淫淫地問。老友，好明顯不懷好意啊！

「你想脫離『去死去死團』嗎？」語氣像是想殺了我似的。

忽然其中一個問道：「你真的愛她嗎？」

聽到這個問題，大家竟然全都靜了下來不再發問。

是因為這個問題太認真，還是他們也想聽取我的答案？我不知道。但那一刻，我卻震撼得說不出話來。

因為，我終於記起那個我一直都忘記了的重要問題。

跟衣車在一起已有一個多月。

說是一起，我覺得其實跟之前沒有多大分別——見面次數同樣頻繁，態度依舊那樣親暱，我倆之前已經是這樣子的吧，只是現在的身分由親密朋友提升為地下男女朋友罷了。

不過，在我找不到分別的同時，我發現心裡原來暗望著有一些分別出現……有時會隱隱覺得，現在這種情況，其實並不是我預期想得到的。

我去到衣車家樓下，她早已在門前等我了。

她見到我，立即靠過來，跟我說：「你又遲到。」

「剛掛線到現在才二十分鐘，妳想我飛來嗎？」

「最好你帶我一起飛。」她看著我笑，是在說笑吧？她續說：「我好像還沒到過你的家呢。」

「妳想探訪我的龍床嗎？」我淫笑。

「你別心邪！」她打了我一下。「只是你常常都遲到，不如下次我直接去你家等你吧。」

「下次再說吧。」我不置可否，轉移話題：「妳想看什麼電影？」

不知為何，我對於讓女性上我的家這一件事異常認真。

對一般人來說，相信應該無所謂吧……更何況那個人是你的女朋友。

我曾經決定過以後只讓女朋友到我的家，如今衣車不就是我的女朋友嗎？

但我知道自己心裡實在對此有點抗拒……我的腦袋不由得開始煩惱起來。

後來我們去銅鑼灣的皇室戲院看電影。

戲院裡的一些位子設有情侶座，兩個位子之間沒有扶手柄位，讓人與人之間可以更加「親密無間」。

在衣車的要求下，我選了情侶座。

電影開場不久，衣車整個人就靠過來，把我抱得好緊好緊。

這個月我跟她看了三次電影，發現每一次她都是這樣——緊緊靠著我。但是在其他地方，她卻不會這樣。我有時想，是因為電影院太黑暗，她怕黑才會這樣？還是，她不願在其他地方，讓人看到我們如此親密？

我曾經想問她這一個問題，但最終還是沒有開口。再笨也知道，這是一個愚蠢的問題。

電影看到中段時，忽然感到從衣車那裡傳來一陣震動，我知道那是手機所發出的。

她從包包裡拿出手機，看了螢幕後又把它丟回包包裡，沒有接聽。只是過了一會，她的電話又再震動了起來。

她把手機拿出來，對著螢幕凝視良久，最後起身離開座位，走出戲院外。

我猜想，那是她男朋友打來。

過了一會，衣車回來了。

她坐下問我：「剛剛演到哪裡？」

「演到……女主角死了。」

「是嗎……」她看了銀幕一會，然後疑惑地問：「但女主角現在不是還在這裡嗎？」

「那是因為……她復活了吧。」

其實這刻我的心神已亂到了極點。電影裡演著什麼，全都進不到我腦內。現在腦海裡，就只有那剛發生在戲院外，一段與我無關、我不知道、但我又很想知道內容的電話對話。

電影終於完結。

走出室外，刺眼的陽光令我有點昏暈。

忽然衣車牽著我的手，跟我說：「對不起，我有點事要辦，要先走了。」

我看著她，不作聲。她也靜下來，看著我雙眼，彷彿大家從對方的眼神中會找到對方想說而不能說的話。

最後，我有點無奈地笑起來，對她輕聲說：「那妳自己小心一點。」

「我今晚再找你。」她低聲說，然後鬆開我的手，轉身離開。

我默默望著她的背影遠去，心裡實在不知是什麼滋味。

自從與衣車在一起後，我開始更了解，為何她與男朋友一直都沒有分手。

他倆在一起已有五年。儘管感情上經歲月磨洗而變得淡薄，但在生活上卻在不知不覺間千絲萬縷般互連起來。

五年時間不算短，已經足夠一個人去融入另一個人的生活圈子，在家庭、朋友、工作甚至經濟裡，他倆都保有著讓對方存在的位置。如果忽然間硬要抽離捨棄，那可會對生活產生重大的影響。我相信那比起兩人忽然向大家宣布終於要結婚，還要麻煩。

但是我清楚知道，其實還有著一個重要的理由。

某天深夜，衣車打我手機。我看到來電顯示，是從她家裡的電話打來的。對此我覺得有點奇怪，因為在深夜她是從不用家裡的電話打給我，免得讓她的家人知道她還沒睡。於是我接了電話後，便問她：「為什麼這次用家裡的電話打給我？」

「嗚……」她竟然在嗚咽，「我就是想跟你說，我的手機不小心掉進廁所裡，壞了。」

我立即訕笑說：「妳不會是想測試它的防水功能吧？」

衣車怒喊：「壞蛋，你還在取笑我？」

第二天，我與衣車在旺角見面。原本我是想帶她到先達中心看看她的手機能否起死回生，但是她說不用了。我問她為什麼，她默默地從包包裡拿出一支新手機──那是最新的型號。我目瞪口呆，心想她不會闊到立刻花錢買一支新的吧。她似乎猜到我在想什麼，於是低聲說：「不是我買的……」

那麼是誰？我沒有問，轉念一想，便知道是誰買的了。

他就是如此關心著她、照顧著她。我有時會想，談戀愛最好是找一個自己真正愛的人作對象，但結婚卻最好找一個最了解自己、最適合與自己生活的人作對象；愛不愛，反而成為次要。換了我是衣車的話，我會捨得放棄一個能這麼關心自己、照料自己的人嗎？

再想想自己曾為衣車做過些什麼，我的心不由得黯淡起來。

有一天，心情實在差得可以。

不知為何，那天上班做什麼事都很不順利，像是一輩子的霉運全集中湧向這一天似的。幾經辛苦終於捱到下班，可以逃離公司那鬼地方。那一刻，我好想讓自己的心情變得舒坦一點。

於是我拿出手機，打給衣車，打算約她出來吃晚飯，四處逛逛散心。

響了幾聲，電話接通了，她說：「喂，什麼事？」

「今天很悶呀，我想約妳陪我吃晚飯，可以嗎？」

「今晚不行……」但她沒有再繼續說下去。

我發覺她的聲音有點輕，於是問她：「妳跟他正在一起嗎？」

「嗯。」單字回應，我想她四周的環境不是很適合通電話。

「那麼算了吧，晚點我再找妳。」我溫言說道，然後掛了線。

這刻的心情，才真正陷入谷底。

最後我只得獨自在旺角閒逛。

我在肯德基買了一桶炸雞，然後在街上邊吃邊走，四處遊逛。

忽然在行人專用區那裡，我看到了兩個人——是衣車跟她的男朋友。

他倆在熙來攘往的街上，互相依偎，一步一步慢慢地走著。

從沒想過會有如此巧合的情況，偏偏被我遇上了，而我竟然會呆站著不知所措。那一刻，在我眼中彷彿看到，他倆有著他們自己的世界，其他人根本不能對他倆有任何干擾。

他們的步伐很慢，與其他路人的步速明顯有著差別；但所有路人的腳步在快碰到他倆前，都自自然然地避開了。

那情況就像，他們神聖得不可侵犯……

而我，在遠處看了一會，然後轉身離開了。

心裡清楚知道，其實我不是離開，我是在逃，只能逃。有些東西，不能再自欺欺人了……

深夜，衣車如往常般打給我。我拿著手機，讓它震動了好一會兒，待了良久後我才按了接聽鍵，然後把它放到耳邊。

「你今天怎麼了，很悶嗎？」她柔聲問。

「不，只是今天的工作有點不順利。」我淡然說道。

「嗯……對不起，今晚不能陪你。」

「無所謂啦，都已經過去了。」

「……不如，明晚我們去看電影吧？」我感到她努力地讓自己的聲音保持平常，「有一部電影剛上映，我很想看呢。」

我沒有回應她。

過了一會，我輕聲說：「不如，我們分手吧。」

她沒作聲，我也沒再作聲，兩人陷入一片沉默。

與上一次不同，這次我倆都沒有開著電視機，因為大部分人都熟睡了，而四周亦顯得特別寧靜。

然後，彷彿從聽筒裡，我聽到她那逐漸緊促的呼吸聲，甚至心跳的聲音。不知她會否也聽到我的呼吸聲？我竟為此而調整著自己的呼吸，不想讓她知道我的心情。

但過了不久，我聽到的不再是她的呼吸聲，而是她那輕微的哭聲。

我的心揪了起來，知道自己有多不負責任，但另一方面，今晚所遇到的情景，卻不停提醒著我不能再繼續下去。

「對不起……」我聽見自己說了這一句話。衣車沒有回應，但聽筒仍是傳來她的哭聲。我感到自己也快忍不住了，於是慢慢地放下電話，並按上終止通話鍵。

……我們結束了。

最後，我緊緊閉上了雙眼，不讓它們有發難的機會，然後再次逃到黑暗裡去。

在那裡，我又遇到那個女孩。

她依然在笑，我問她在笑什麼，怎料她說她在笑我的愚蠢。

我總覺得她很面善，但是始終記不起她是誰。我忍不住問她：「妳是誰？」

她回答：「你不會是傻了吧，竟忘了我是誰？說回我們剛說到的話題吧。」

「我們剛說著什麼？」我茫然。

「唉，你看你，哪有人在說著自己的往事，會把自己悶得睡著了？你剛說到你以前的曖昧關係呀。」她拍打我的頭，我感到她的手很溫暖，一種很熟悉的溫暖。她繼續笑著說：「現在哪有人這麼笨的？當然是先到手再打算嘛。」

我心裡一驚，為什麼這句話這麼似曾相識？我忍不住望向那女孩，嘗試把她的面容望真一點……她，不就是數年前初認識時的衣車嗎？

難怪我認不得她。

以前我總感到她的行為有點粗魯，一點也不像女孩子，所以總對她有一點抗拒；與她相處時更會經常吵嘴，甚至出現水火不容的情況。

只是不知從何時開始，她變得溫柔了；與我相處時也不再動手動腳，感覺上她變得像一個女孩子了。

究竟是從何時開始，我對她有這種感覺？

我想著自己的心事，身旁的衣車卻繼續說：「傻子，別為往事太在意嘛。你是一個好人，總有一天你會找到一個真正對你好、而你又喜歡的人。」

說完，她把手放在我的手背上，對著我微笑。

看到她的笑臉，我不禁呆了。忽然，我雙眼慢慢滲出淚水，竟流起淚來；結果我又多被她取笑了一遍。

我竟又放棄了，在我記起之前。

可以的話，真想讓她再多取笑我一遍……

某天凌晨，有一個人，在城市裡獨自遊蕩。

這時候街上都沒有什麼人，人們通常不是睡了，就是還在室內工作著，因此這個人這時候還在街上獨行，也顯得格外異常，格外孤單。

天快亮了，雀兒開始啁啾鳴叫，但這個人還是沒有回家的意思。

他心裡有一股鬱結悶氣，很想將之宣洩出來，可他找不到法子排遣。

忽然從遠處傳來了一些吵鬧的聲音，他往聲音的來源一看，原來那裡有一間通宵營業的網咖；那些聲音是客人開門離開網咖時，從門縫裡洩漏出來的電腦遊戲的聲響。

「這晚上原來還是有人跟我一樣，睡不著，要在網路裡解悶……」他有點慨嘆，原來失眠的不只他一個。

忽然，他心裡靈機一動：「咦……看來這也可以……」

最後他大踏步走進網咖，上了網路，開了一個文件檔案，飛快地打起字來。

他決定，要將他的所思所想，化作一段段的文字，結成一個屬於他的故事。

美玲會來到這個網頁瀏覽，純屬偶然。

自從與男朋友分手後，美玲的空閒時間漸漸增多。

往昔有人相伴、又或是要去陪伴他人的時段，現在變成只有自己一個度過。習慣了很久的戀愛生活，開始離她好遠好遠。

當自己一個人走在街上時，有時候會回想起那曾經有個人在自己身旁、可被依靠的溫馨情景；但那卻又像是前一世的記憶般，已經不會再在這一世裡重演重現。

對於提出分手的決定，她一點也不後悔，一點也沒有。

但是，不後悔是一回事，寂寞難耐又是另一回事。

「阿晴，很悶呢，不如出外逛逛吧。」美玲對著手機說。

「不會吧？」阿晴在另一邊語音不清地叫：「陳大小姐，現在凌晨一點了耶！還出外逛什麼呀？」

「但是在家裡，實在悶得發慌嘛……」美玲小聲說。

「呀……你放過我吧，明天還要上班呢，妳也快點睡吧。」

「可是，我睡不著嘛。」

「唉，陳小姐，妳要習慣早睡呀。」阿晴嘆氣，心想這個好朋友還是那麼不習慣孤獨。她續說：「不如這樣吧，妳去我的網頁，下載《大長今》的大結局看吧。」

「但是，我沒看過《大長今》呀……」

「網頁裡有第一集的連結，妳從頭開始看吧。」阿晴亟欲脫身，「我要睡了，再見。」然後掛了線。

美玲看著電話，有點欲哭無淚的感覺。想想阿晴的話，其實也有道理，自己真的要試著去習慣，那些從前不習慣的東西。

沒有了愛情，生活還是要繼續下去。

可是這個晚上要怎麼度過呢？最後無可奈何，她還是聽了阿晴的建議，開了電腦，去她的網頁下載《大長今》來看。

美玲去到她的主網頁，再去到下載《大長今》的那個分頁，看到那裡有很多名為《大長今》的檔案連結；阿晴果真百分百迷上了這劇集。她點了第一集下載後，便順道瀏覽其他的頁面打發時間。

她去到阿晴的私人日記，看到她今天的日記，其中一段說：

「親愛的陳大小姐，妳果然是我最不放心、又最要好的壞朋友呢。」

美玲不禁哭笑不得。事實上她很感激阿晴，因為阿晴總在她身旁支持著她，陪她度過了很多不愉快的日子。這一個好朋友，對她來說是不可多得的。

她沉思了一會，再移動滑鼠繼續瀏覽，去到一處「我的連結」的地方。甫一進去，她就忍不住笑起來，因為其中差不多全是《大長今》的相關連結，並有圖文並茂詳盡介紹……阿晴也太瘋狂了吧。

正想跳出再往別處，她忽然瞥到其中一個連結，名為「思齊」。美玲有點好奇，因為這連結跟其他的連結不同，除了「思齊」二字外，就再沒有其他的網頁介紹。

她不禁好奇這個「思齊」網頁為何會被阿晴挑選為其中一個連結，於是便移動滑鼠往內一看。

結果，美玲在那裡竟逗留了一個多小時；連已經成功下載的《大長今》第一集，也忘了要看。

第二天午飯時，美玲忍不住問阿晴：「妳網頁裡的那些連結，是從哪裡找來的？」

「都是四處逛順道找來的啦。」阿晴正在喝茶，忽然雙眼發亮，轉頭望著美玲問：「怎樣，妳開始對《大長今》有興趣了嗎？」

「不是啦……抱歉，我還沒看妳的《大長今》。」美玲低聲說。

阿晴有點失望，但還是問：「那妳問我這個問題，是對哪個連結有興趣了？」

「就是那個『思齊』網頁……」美玲的聲音愈來愈低。

聽到美玲這樣說，阿晴的雙眼竟再度發光，雀躍地說：「妳也覺得那個網頁很有趣嗎？我也是無意中從其他人的網頁連結內發現，一進去看便迷上了呢！」

「嗯。」美玲這樣回應，過了一會，續說：「我覺得那些故事的情節，有些特別……」

「是呀，那些故事裡的情節，其實都很像平常人的日常遭遇，我也有點感同身受呢。」

美玲對此沒有回應。過了一會，又再問：「妳認為那個作者，是男還是女的？」

「我也不知道。很多人都想知道那些故事是否是作者的親身經歷，但是作者除了更新故事外，就從不作其他留言，所以大家也不知道作者到底是男還是女。我猜，是男的吧？因為他總是用男性作為第一人稱的角度去說故事。」

聽到阿晴這樣說，美玲沒再答話，心裡卻思緒萬千，一片混亂。

晚上，美玲上了那個「思齊」網頁，發現網主更新了一個故事，題為「夢終人」。

她立刻把那故事細看了一遍。不到五分鐘，她便把整篇故事看完，而看完後她跟昨晚一樣，又呆住了。

如阿晴所說，故事中的情節令人有種感同身受的感覺。但對於美玲來說，那卻不只感同身受那種程度。

因為她發現，故事裡的情節，與她過往的一些經歷，幾乎完全一模一樣。就連故事最後講到的分手情節，也是同一個模樣。只是故事中的描述角度以及思想，變作對方而已。

而那一個人，美玲直到現在都還在尋找著他的行蹤……

其實，自從與阿賢分手後，美玲就一直失眠。

開始時她還以為，自己能夠撐過去。她有愛她的人，還有最好的朋友支持她，她自信終有一天會將那一切當成往事。

可是，某天當她聽到鄭秀文的一首舊歌時，她竟發覺她的心從來沒有平復過。

回憶像是滴水般落進平靜的水面，引起一連串的波浪；水面變得不再平靜，她的內心也同樣不能再安靜。她發現，自己原來有多喜歡他，甚至愛他。可是不能跟他繼續走下去的這一個衝擊，在不知不覺中破壞了自己心裡的平衡。

結果回憶未能成為往事，反而充斥於她的生活裡。

美玲開始後悔——雖然她一直都討厭後悔，但遺憾的感覺令她無處可逃；她後悔跟他分開，後悔沒有好好留住他。

最後，她終於忍不了，她決定要去找阿賢。

雖然不知道他會怎樣對待她，但是她知道若不行動，一切都不會有任何改變。

她拿起手機，心情十分緊張，就像將要向心愛的人表白一樣；她按了那一組久違了但又熟悉的電話號碼，然後慢慢把電話放到耳邊。

另一頭立即傳來了聲音，可是那是電話語音：「您所撥的電話沒有回應，請稍後再撥，謝謝。」

美玲有點失落，但她安慰自己，只要一直撥下去，終有一天阿賢會接聽的。

可是，撥了好幾天電話，另一頭仍是傳來相同的語音時，她就開始真正不安起來。

「什麼？你認為，那個網頁的主人就是阿賢？」阿晴一臉不可置信，驚訝地看著美玲。

「我不敢肯定，只是覺得有關連。」美玲緩緩地說：「故事裡的情節，不是感同身受那種模糊感覺，而是像親身經歷般那樣熟悉。裡頭看過哪一部電影、去過哪一間餐館、唱過哪一首歌、說過哪一句話；甚至連從沒到過男主角的家等細節，都這麼吻合……所以我不能不相信，故事中的『我』，根本就是阿賢。」她說到最後，語氣已經有點顫抖。

阿晴想起，美玲較早前曾四處尋訪阿賢，可是最後發現自己竟一直不清楚他住在哪裡；再想想故事中的女主角，其性格和說話語氣也與美玲頗相似。可是，倘若說這個網頁是屬於阿賢的，那也實在太巧合了。

她把這些想法告訴美玲，美玲嘆了口氣，說：「我也知道，世事怎會這麼巧合。可是，現在我再沒有其他可找到阿賢的線索，而且我已經找了他很多遍……我只能盼望，這會是一個線索。」

「嗯……但即使是這樣，妳又能做什麼呢？」阿晴也嘆了口氣，然後說：「有一件事妳可能不知道。從前我曾經想在那網頁留下對故事的感想，但是我找遍了整個網頁，都找不到可讓他人留言的地方，也沒有可跟網主聯絡的電郵地址。妳想想，我們可以用什麼方法與他取得聯繫？甚至知道他的真正身分呢？」

美玲不禁無言以對。

晚上，美玲在家裡開了電腦，上了那個「思齊」網頁。

她怔怔地看著其中的文章，不知不覺間陷入沉思。

自從看了這個網頁後，她彷彿在那些文章裡，知道了事實的另一面。

以前她並不真正明白阿賢，感到自己跟他有一些距離。她不明白他的難處，不明白他的痛苦，但她又不知道怎麼問他。

現在在這個網頁內，憑藉文中的一字一句，她似乎能夠清楚了解到阿賢的真正想法，而再不是模模糊糊猜猜度度不清不楚；她感到自己與他的距離漸漸拉近。

可是，真實的他到底身在哪裡，卻仍是一個謎。

忽然傳來一陣電話鈴聲，她緩緩地拿起手機，看到是阿晴打來，於是按下接聽鍵，懶懶地說：「怎麼了……」

阿晴的聲音卻很高昂：「我剛剛嘗試聯絡提供空間讓『思齊』網頁寄存的公司，看看他們能否提供網頁使用者的資料給我。」

美玲心裡一動，想不到阿晴為她做到這一步。她問：「那麼有收穫嗎？」

「沒有呀，我打給他們，他們的客服守法得很，不論我說什麼，都只是說不能透露用戶資料……哼！」

美玲想到阿晴的性格，剛才她一定受了一肚子氣。現在雖然沒有任何收穫，美玲還是有點感動。她正想道謝，阿晴卻繼續說下去：「可是，剛剛我去他們公司的網頁主頁，卻有意外收穫呢。」

「什麼收穫？」美玲問道。

「那個主頁裡設有一個留言板，我發現近來那網站將會舉辦一個網聚，約了一眾網主出來聚會。而那個『思齊』網頁的網主，竟然也有報名出席。」

美玲有點興奮，但心情很快就沉了下來，說：「那也只限那裡的網主參加而已，我們能去嗎？」

阿晴奸笑起來，說：「妳可能不知道……我也是把網頁寄存在那公司裡的；而且我的《大長今》網站也很受歡迎，別小看我！」

聽到阿晴這樣說，美玲終於真正開懷地笑起來。

這天是網聚的日子。終於等到這一天，美玲的心情實在緊張得很。

之前一直找尋阿賢但遍尋不獲，他恍似突然消失在茫茫人海裡。正當她漸漸絕望而開始想放棄時，卻又再找到新的線索。這一刻，美玲真正感受到天無絕人之路原來是怎樣的一回事。

她跟阿晴去到約定的一間中式餐館，看到裡頭已經有數十人在場了。

阿晴去接待處簽上名字，然後問負責接待的人：「請問今天有沒有一位叫『思齊』的人會來？」

那接待人員看了看名冊，回應說：「思齊嗎……我們有邀請他，但是還沒有來。」

阿晴轉頭對美玲說：「現在妳放心吧，他會出現呢！」

美玲緊張地一笑，說不出話來。

她倆到了其中一張圓桌，找了個位子坐下。

阿晴忙著向其他人介紹自己的身分，而美玲則靜靜觀看著繼續進場的人，留意著有沒有阿賢的蹤影。

「莫非他不會來？」美玲心裡這樣想，但她安慰自己，可能他只是遲到……他老是遲到。想到這裡，她心裡不禁笑了。

這時，有一個男的坐在她們身邊，向在座的人自我介紹：「大家好，我是『思齊』網頁的網主。」

聽到這一句話，美玲的心突然緊了起來——那並不是因為她聽到了阿賢的聲音；而是她聽到的，並不是阿賢的聲音。

她慢慢地轉過頭，望向那聲音的主人，望向他的臉——只見那是一個素未謀面的男子……

聚會的氣氛很熱烈，可是美玲的心情卻冷了大半截。

阿晴看到她這樣，也有點不知所措，唯有嘗試把美玲的注意力轉移到其他方面。她問那「思齊」網主：「你的真名不會也叫『思齊』吧？」

那男子笑說：「那當然是假名，妳可以叫我阿見。」

「阿見，你好，我叫阿晴。」她笑著自我介紹，然後問：「為什麼你會改一個這麼女性化的假名？我起初還以為你是一個女性呢。」

「那是別有居心的，為什麼妳會覺得會是一個女性？」

「因為很少男性會這麼花心思去寫愛情文章嘛，而且文筆還算不錯呢。」

聽到阿晴這樣說，阿見有點臉紅，笑說：「謝謝妳的稱讚。」

「我想再問一個問題……那些故事，其實是不是真人真事呢？」

阿見又反問：「為什麼妳會這樣認為？」

「因為我看你的故事的時候，有點似曾相識，有很真實的感覺。」

「其實我只希望自己寫的東西不會太浮誇，能夠讓大家有所共鳴；如果說的都是只有自己才理解的事，就不會有人來看了。」阿見微笑著說。

「是嗎……」阿晴似乎想到什麼，忽然拉了美玲靠到自己身邊，續說：「但是，巧合地，有些地方與她的經歷也十分相似呢。」

阿見像是有點意外，問：「真的很相似？可否舉個例子？」

阿晴沒作聲，只是望著美玲。美玲卻低著頭，過了一會才說：「我想知道，為什麼情節會那麼相似……就連，牽手那一段，也是一模一樣……但是，你卻不是他……」

說到最後，美玲已經流下淚來。阿晴連忙拿出紙巾，替美玲抹去淚水，可是美玲卻愈哭愈慘，把阿晴嚇得手忙腳亂，在旁的阿見也因此有點不知所措。

過了一會，美玲的心情稍稍平復；她抬起頭，對阿見笑說：「對不起，把你嚇到了。我有點不舒服，要先回去了。你的文章真的寫得不錯，加油。」

「我跟妳回去吧。」阿晴有點擔心。

「不用了，你們繼續聊吧，放心。」美玲勉強對她一笑，最後獨自離開了餐館。

阿見看著美玲離去的背影，神情似乎若有所思；阿晴見狀，忍不住問他：「你正在想什麼呢？」

「她……是想找回她的男朋友嗎？」阿見緩緩地問。

阿晴一愕，問：「你怎麼知道？」

「我終於明白是怎麼一回事了……」

美玲回到家裡，把手機及包包丟在床上，然後坐在電腦前，開了機，上了網，瀏覽器的主頁已自動去到那個「思齊」網頁。

這些日子以來，她已不知把這網頁反覆看了有多少遍……

也許，她也知道是自己一廂情願地把「思齊」當成了阿賢；也許，是她過分期盼，將這一個線索當成是一個真實；

她知道，自己其實很笨很傻。

當夢碎時，世界原來會像粉碎了一樣，變成了冷酷異境。

這一刻，她覺得很難受，真的很難受。

她怔怔望著螢幕，像往常一樣，發起呆來。

忽然，她感到這網頁跟以往有少許不同。

她慢慢細看，留意到網頁的左下角，多了一個叫做「留言板」的連結。

那應該是新加上去的，她移動滑鼠往內一看，看到裡面有一段留言，是阿見不久前留下的留言：

「您好，我是阿見，思齊網頁的網主。
這個留言板是新加的，本來這裡是沒有留言的功能，
不過我剛才考慮了一會，還是加了。
其實這破壞了之前的協定，不過我也不管了。（笑）
這個網頁，其實不是單靠我一個人完成，
我只是這網頁的其中一個主人。
其中的文章，有很多其實是源自另一個人的構思及意見，

而再由我去編寫出來。
至於他是誰，叫什麼名字，我就不能多講了。
當初我有點奇怪，為何平時沒有想像力的他，
忽然會想得到這些故事來。
曾經問過他，他都只是苦笑而不答；
我一直都猜那會不會是他的真人真事。
而直到今晚，我終於明白真正的原因。
每一個人，都有一些話想跟另一個人說，
但是又不知怎麼開口。
有些人會把話說得很隱晦，
有些人會用借喻的形式，
有些人會選擇用故事的形式……
怎樣也好，其實背後都只是希望另一個人，
能明白自己的思想、自己的心意。
但是，這些隱藏的心意，
最後又有多少能碰巧地被明白呢？
而要完全明白，更難上加難。
就例如，以下的一句——
我是阿見，思齊網頁的網主。」

美玲看完這個留言，感到莫名其妙。

故事源自另一個人的構想，那麼他會否是阿賢，又或是另一個毫不認識的人？

但這段留言與自己有任何關係嗎？而阿見又想表達什麼？

她不明白，尤其是最後那一句……

「我是阿見，思齊網頁的網主。」

「他頭尾說了兩遍，是有什麼意思嗎？」美玲不由得全神貫注地細想，「我是阿見，思齊網頁的網主……阿見，思齊網頁的網主……見、思齊……」

忽然，她腦中靈光一閃，想到了一些線索。

過往自己一直憑那些文章的內容，去猜度網主的身分是否阿賢，但是自己卻一直忽略了另一個線索。

「思齊」，除了是一個女性化的名字外，難道就沒有其他的意思嗎？

美玲像是找到救生圈一樣，努力地聯想下去。她的雙手也在鍵盤上打起字來，輸入了這一個留言：

「思齊，是源於『見賢思齊』嗎？」

輸入了這個留言後，美玲感到自己像是窺見真相的一角。她繼續輸入下去：

「阿見，網頁的另一個主人，是叫阿賢嗎？如果是他的話，請跟他說，我很想見他，真的很想見他。」

美玲輸入這句後，就一直望著螢幕，右手一直按動滑鼠，不停更新留言板的畫面。

她心裡緊張地期盼，網路的另一端會對她的問題作出回應。

縱使這一次，或許又只是一廂情願，她也願意再試一遍。

只因為，這是為了找尋她那另一半、不知失落在何方的唯一摯愛的一段重要旅程……

過了很久很久，留言板還是沒有新的回應。但是美玲卻不死心，雙眼仍是緊盯著螢幕。

這時候，那被拋在床上的手機震動起來。可是，因為太專心的緣故，美玲並不知道自己的電話有來電。

但電話仍一直震動著。顯示螢幕上，也不停閃動著兩個字：

「阿賢」

——

也許，相遇很難；但一起走下去，更難。

至於之後的發展，已是另一個故事……

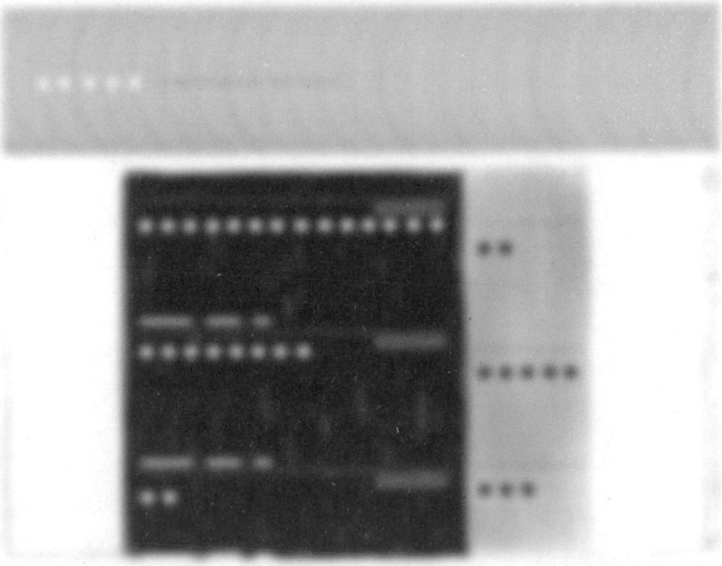

後記

我個人平時很少會寫這麼長的文章，在想到「純粹愛情關係」這篇文之前，其實原本是先想到「思齊背後」的題材，打算寫一篇完整的故事。只是後來受到一些網友的問題及一些所見影響，竟有了寫「純粹愛情關係」這一篇的念頭。而打完故事之後，我再構思到之後的第二、三、四篇。於是，我決定把這幾篇都列入一個名為「思齊」的主題內，在blog內寫一個有關個人網頁的故事。

寫blog已有一段時間。有天我在blog內打著自己的網誌，忽然想：「其實我在這裡打下一大堆字，為的是什麼？」我開始苦思這問題，但最後卻找不到答案。不過把這念頭擴散開去，卻是一個有趣的課題。

近來，差不多每個經常上網的人都會擁有一個個人網頁，在其中說著自己想說的事，建造自己的國度。但是在這國度裡卻有一個局限，因為你所打的東西，未必有人會看到，甚至讓你希望他／她看到的人看到。

另一方面，有些話你也未必能實話實說，即使你本來真的很想說，但害怕說錯話的後果卻嚴重得令你不敢再說。而有趣的是，很多人在自己的網頁內，仍公開說著自己的心事、寫著自己的日記，只是大家都技巧地保留了真相、藏住了實話。

我有時會想：這些經過修飾的文字及思想，真的有機會及能夠令其他人明白及了解自己本身的所思所想嗎？

結果，最後還是沒有結論，但就由這幾篇「純粹愛情關係」、「曖昧之後」、「倒帶」、「夢終人」、「思齊背後」組成了這個較長篇的故事。

大家不妨也想想，自己在 blog 內記下的各種事物，其背後的意義及目的又是什麼呢？

相信會有不錯的發現。

#《某日偶遇》

在一個下雨天，他乘上了這一輛巴士，她乘上了那一輛巴士。

他找了上層車廂右方的一個位子坐下，她找了上層車廂左方的一個位子坐下。

他百無聊賴，看著車外的風景；她看著車外風景，一副心神想著她的心事。

兩輛車子同時發動，由不同的巴士站同時出發。他的車往西南區，她的車往東北區。本來大家是前往不同的目的地，他與她該沒有什麼關連。

但是，兩輛車的車程裡，其中一段路程卻是相同的。

那段路程是長是短，我也不太清楚。只知道，他的車剛好走進那條路的左線，她的車剛好走進那條路的右線，兩車並排，以相同的車速前進。

結果，他從車窗往外看，看到了她的臉龐；她從車窗往外看，看到了他的身影。

他對她留起神來，因為他看到她眼中流著淚水；她卻不曾留意他，因為淚水已掩蓋了她的視線。

她是哭得如此傷心，恍如這天的雨也是為她而下。

看著她在那車廂裡哭，他心裡感到一陣戚然。

是什麼事令她如此傷心？可以的話，他想陪她坐一會，聽聽她的心事，嘗試解去她的煩憂。雖然他知道這很唐突，雖然他知道大家本是陌路人，但是那一刻，他好希望能為她做一點什麼。

只是，他倆正身處不同的車廂裡，往不同的目的地前進……

忽然，他的車慢慢停了下來；而她的車，也慢慢停了下來。

此刻，紅綠燈的紅光把兩輛車截停了。

剛巧，兩輛車停下的位置，使得他與她像坐在大家的旁邊，只是中間仍有著一層車窗分隔著而已。

他靈機一動，從口袋裡拿出一樣東西，用筆在上面寫下一些字；然後，打開車窗，把那東西悄悄放在她的窗旁。

她正哭得厲害，對他的行動，一點也未察覺。

不久，燈轉綠了，兩輛車再度開動。

他的車轉左，她的車轉右；他依舊往西南區前進，她依舊往東北區前進，大家再次踏上互不相關的路途。

後來，她從悲傷的情緒裡漸漸回復過來。

許久沒有這麼痛哭過，現在心情終於變得舒坦一點。

她用手擦一擦眼，淚水沾滿臉龐。她連忙打開包包，想用紙巾把臉和鼻拭抹乾淨。

可偏偏她今天忘了帶紙巾，她只好打開鏡盒，檢視自己的面容，看到自己雙眼已變得紅腫，淚水把出門前化的妝微微弄花了。她不禁暗怨自己，為什麼在這車廂裡哭了？

這時候，有東西隨著車子的搖晃，從窗邊掉到她的身上。

她把那東西拿起，看到是一包紙巾，上面還寫著兩個字：「加油」。

她立刻轉過頭，環視整層車廂。但上層車廂除了她以外，並沒有其他乘客。那麼，是誰放下了這包紙巾？

她不知道，但她現在真的很需要這包紙巾，於是她說了一聲「謝謝」，然後緩緩打開封套，拿出紙巾來擦拭淚水。

紙巾有著一點餘溫，她猜想，放下紙巾的那人，之前應該一直把紙巾放在自己的衣袋裡。

這一刻，她彷彿從紙巾裡感受到他的溫暖。

他，仍在看著窗外的街景，想著她的心事。

她還在哭嗎？他不知道。

只知道，天終於放晴了。

《最後勝利》

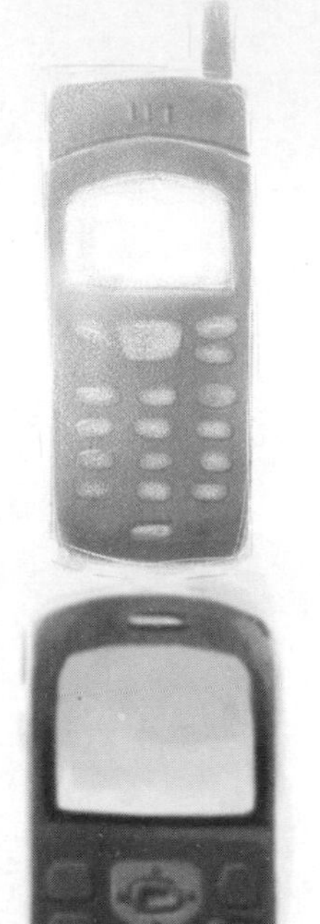

在這一天以前，我還以為自己終於得到了你，直到我無意中從你的手機裡發現到那一個 SMS，我才知道自己還未真正得到過你。

「老公，下班後在門口等 ;-)」

看到這一個不是經由我的手機傳送給你的 SMS，霎時間，我只感到天旋地轉，背上傳來了一陣涼意。

原來，我還是綁不住你……

但同一時間，心裡又有一種似曾相識的感覺。

發這種簡訊，曾幾何時我也做過同樣的事；而對象，也是你。

一年前進入這間公司時，認識了在這裡工作已經三年的你。你總是有事沒事地走到我的座位，對我照顧得很，為我的工作減輕不少負擔。

當時我曾經自信地想，你對我是有好感的吧，但我不敢對你有任何特別的表示，我怕我真的會錯意。只是心底卻又暗暗寄望，你的態度會愈來愈主動，好證明我的猜想並不只是空想。

幸運地，我倆漸漸經常出雙入對，你每一晚都會打電話給我閒聊，對我就恍似一般男孩對女朋友般細心照顧。

那時候我想，應該是真的了，也應該是時候進一步了。

但是，正當我想對你做出回應時，我忽然知道——原來你已經有女朋友。

你跟我說，你和她已經在一起好幾年了；你很愛她，只是近來不知為何陷入了冷戰期。

眼看著將逝去的愛情，你很想挽救，但苦無方法。

你卻不知道，眼看著本應就到手的愛情，忽然發覺只是空歡喜一場，我亦感到了一陣無奈。

只是自那一刻開始，我心深處卻有一點點的不甘心開始萌芽——我只是你跟她冷戰時的代替品嗎？我不要這樣，我很討厭這樣。

藉著表面上的鼓勵及支持，我開始了解你更多，而我亦開始盡我所能地對你好，以擴大我在你心裡的分量。

我知道每一個人心裡都會有一個無可取代的位置，而在你心中，現在是由她所獨佔；這一刻我勝不了她，我唯有想盡方法去迎合你，不惜改變自己去對你好，好讓你習慣了我的好處而慢慢地變得不能自拔。

曾有朋友說我在做著愚蠢的事，這樣下去對自己很不划算，你未必會因為我所做的而對我著迷。

我也不禁問自己：最初我不是希望你主動一點，讓我可以慢慢觀察的嗎？但現在的角色恍如倒轉了，我似向著大海投下我所能投的全部；最後變得不能自拔的人，會不會先是我自己？

我開始不敢想像下去……

不過發展到最後，你們終於分了手；而我們，亦終於走在一起。

憑著這一個結果，我相信自己過往的想法是對的，我的心機是沒有白費的；我努力去爭取，最終得到了我想要的東西。

大概，那個獨一無二的位置，現在已是屬於我的吧。

但那一個 SMS，只一瞬間就把我心中所想的、一直支持我的，統統都打破了。

為什麼會有其他人出現？那個人是公司新來的同事，我曾經見過你走到她的座位跟她閒聊。

從什麼時候開始，你們的關係已變得如此親暱？那種不安全感令我做了好多個噩夢，而每次驚醒時，我的雙眼都充滿著淚水。

我開始暗地留意你們——你們經常聚在一起談笑閒聊，但當別人走近時你們卻很有默契地走回自己的座位工作；下班後你會無故失蹤，直到深夜才能知道你的行蹤；跟我上街時你總不時藉故走到別處講電話，在你放假時你更會關掉手機讓我找不到你……愈發現更多的新事件，益發挑起那埋在我心裡的不甘。

但我不能對你發作，因為我清楚知道你會直截了當地否認一切。

利用職權的方便，我得到了那個女孩的個人資料。

我開始用匿名電話去查探她何時回家、傳匿名 SMS 及電郵給她，警告她不要成為我們之間的第三者。

我不斷費盡心思找尋任何蛛絲馬跡以揭發你隱瞞我的一切，用盡所有方法去阻止你跟她有任何交往。

我從不知道自己原來可以做到這一種地步，是因為你太不可信？或許；但我自己也不真正明白。

你應該曾經懷疑過我，因為你用過一種猜疑的目光注視著我，只是你沒有開口問任何問題。我知你不會問，只因我應該是被你蒙在鼓裡的，你怎能向我這個女朋友質問呢？

後來，那個女孩跟另一個同事在一起，你與她的來往減少了。

我心裡想：這一次我應該真的勝利了吧……

但過了不久，我又在你的手機裡發現另一個女同事傳送給你的SMS。

那一刻，我感到很無奈。

我還要一直如此繼續下去嗎？我真的得到了你那獨一無二的位置嗎？放下無數的自尊及清白，我真的可以成為最後的勝利者嗎？

我不清楚……我只知道，這一刻我還可以做什麼。

可是當我想再用過往的方法去逼走那一位新挑戰者時，你突然打電話來，提出要跟我分手。

你沒有解釋太多，也不讓我問個明白。最後你先掛線，我們竟然就此完結。

我為什麼輸了？究竟輸在什麼地方？是我忽略了什麼地方嗎？我一直想一直想，但我一點也不明白……

一個月後，我在街上遠遠遇到你，你跟一個女孩正親熱地走在一起；而那個女孩不是公司裡的她或她，是我從未見到過的。

望著你的背影，我忽然明白，我不會是最後的勝利者；又甚至，我從未成為過勝利者。

自始至終，你才是真正的勝利者；我，只是在為你白費氣力而已……

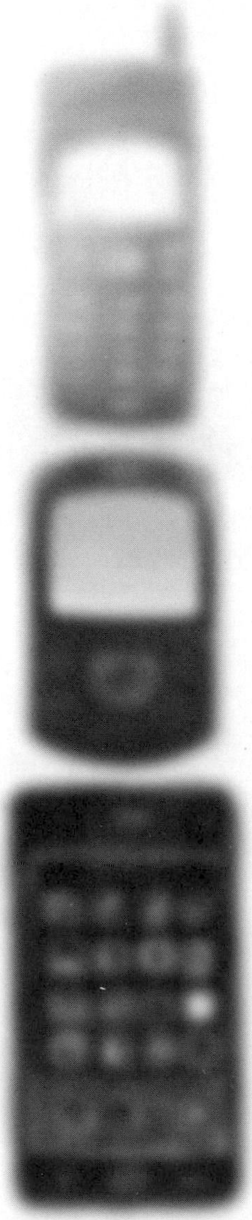

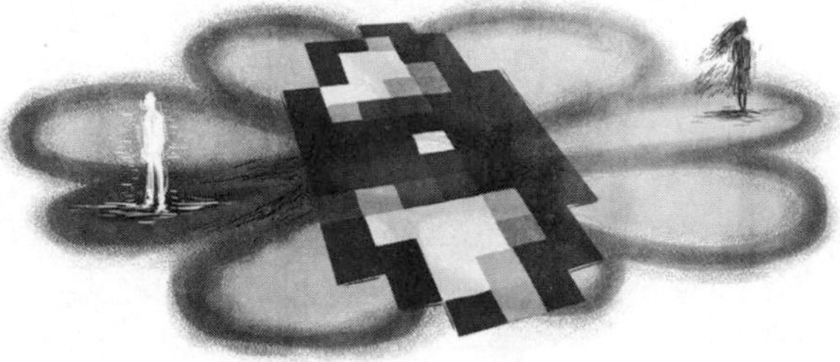

《近況》

星期六晚上，阿思一時間心血來潮，忽然很想主動聯絡一些舊同事或舊朋友，打算探問一下他們的近況。

可是若直接打給他們，她又怕會出現一句起而兩句止的尷尬情況。

最後，她決定上已很久沒打開的ICQ，看看有沒有一些舊識在線，假若發現話不投機，她還可以「全身而退」。

但在這種假期、這個時段，人們多數都不會像她那般待在家裡，ICQ list裡亦只有寥寥幾個人仍然在線。

幸運的是，她看到了阿明在線。

阿明是她上一份工作的舊同事，曾經要好得很，想想也大概有一年沒有聯絡了。她馬上打開對話框，輸入了這個訊息：「你好嗎？很久沒見了。」

過了一會，阿明回了這一個訊息：「妳好，的確很久沒見了。」

看到這一個客氣但沒有內容的回應，阿思有點碰釘子的感覺。忽然她回憶起一些舊事，於是輸入道：「嗯，自我離開公司後，都有一年了。阿玲好嗎？那時經常跟你及阿玲三人一起玩樂，那些日子真開心。」

又過了一會，阿明才回道：「她很好，妳近來沒有找過她嗎？」

「沒有呀。我之前忙得很，所以與很多人都沒有聯絡了。」阿明說：「原來如此……她仍在那間公司工作，而我則在三個月前離開了。」

「咦，為什麼會離開？」阿思有點意外，因為她一直認為阿明那個職位是一份優差。

「其實不為什麼，只是新公司的薪水及福利都好太多而已。」

「哦……那很正常，想當初我也是因為這原因離開。」阿思笑笑，然後繼續輸入：「但你倆現在不同公司工作，她會寂寞嗎？」

「不會的，她現在習慣了。」

「這倒神奇。」阿思暗想，因為在過去的日子，阿玲一有空就必定黏著阿明，阿思有時也實在看不下去。她問道：「真的會習慣嗎？認識你們那麼久，她與你就像磁石般，對此我仍是覺得難以置信呢……」

「哈哈，其實這沒有什麼奇怪。事實上，她不久前開始報名了碩士課程進修，現在她也在忙著功課，所以……」

「哦，怪不得啦。」阿思不禁釋然，也有點羨慕阿玲可以繼續修讀碩士，因為那需要不少的時間與金錢。她於是問：「那她有足夠時間休息嗎？會不會壓力太大？我也有朋友晚間上課進修，每次見他，他都累得不成人形呢。」

「開始時她也曾抱怨過，因為下班之後就要趕著去上課，而下課後她通常累得什麼也不想做，回家便立即睡倒。結果，疲累及壓力累積下來，有一陣子她的心情變得好差好差。幸好她後來找到紓解壓力的方法，放假也會盡情遊玩散心，現在已好多了。」

「那她有去迪士尼嗎？她這個米奇迷，一定也有去吧？」

「哈，她第一天就已經去了。」

阿思不禁一笑，心想她果然沒有猜錯。她再問：「我想她一定在裡面買了很多東西吧？」

「對呀……她買了很多，公仔精品首飾的，裝了兩大袋；但她最開心的，還是跟米奇合照了。」

「我也可以想像得到她會有多開心。那，你們何時會結婚呢？」其實這是她最想知道的事情，她想他倆在一起這麼久了，應該是時侯步入教堂吧。

但是阿明的回應卻出乎她意料：「還沒打算……她現在又這麼忙，我也想在新公司裡先爭取多點好表現，結婚的事可能還要再過一兩年才會打算。」

「唔……也對，」阿思唯有順著回應：「你們還年輕，事業畢竟比較重要。但若有天你們請喝喜酒，到時記得要告訴我，知道嗎？」

「嗯，好的，謝謝妳……對不起，我要下線了，下次再聊吧。」

阿思看看時鐘，原來不知不覺已經到了深夜十一點，她記起電視將會播放她想看的節目，於是她輸入道：「好的，保持聯絡，再見。」

「嗯，再見。」

輸入了最後的訊息後，阿明把ICQ的「在線」模式改為「隱藏」，他見阿思也把模式改為「離開」。

之後，他打開了瀏覽器，從「我的最愛」中，點選了一個網

頁——阿玲的私人日記，那是阿明在數個月前無意中在網路上發現到的。

阿玲在日記裡面，記述了很多關於她的生活點滴，如上星期日第二次去迪士尼遊玩、前幾天上班時發生了一件趣事，甚至她近來跟男朋友的感情生活如何甜蜜……而且每天晚上都一定會更新。

而阿明也已經習慣每晚都到這網頁瀏覽一次，從日記中的一字一句去了解她的想法，或怔怔地凝望她所上傳的近照裡，那愉快甜美的面容……

這是他現在可了解到她近況的唯一方法。

因為自半年前起，她的日記裡，已再沒出現過他的名字；他們之間，其實早就已經沒有了近況。

《二月的那一個十四》

眾所周知，二月十四日是情人節。

相傳這天的由來，是古羅馬人用來表示對羅馬眾神的皇后約娜而設的節日。在那一天，男士會把自己心愛的女士的名字刻在花瓶上，在過節的時候，便可以與她一起跳舞，慶祝節日。而如果被選中的女性也對其有意的話，他們便可互相配對，甚至墜入愛河，並且一起步入教堂結婚。

後人為此而將每年的二月十四日定為情人節。這個節日流傳到現代，其意義已略有不同。但總括而言，這一天已成為了一對情侶共同相聚浪漫慶祝的一天，又或是一個人對心儀對象表達心意的重要一天。

我有一個朋友，他打算在二月十四日向他喜歡的對象表白——表白他那三年來的「明戀」。請注意：是明戀，不是暗戀。

基本上，所有人都知道他喜歡她；連她自己心裡也明白，那些禮物那些體貼那些心思，不是一般朋友能做得到。

只是，為了避免尷尬，大家對此事一直迴避不談——因為大家都感覺得到，她不喜歡他；而我自己對此更深信不疑，只因她跟我另一個朋友，正在秘密地發展地下情，而撮合他倆的，就正是我。

偏偏他現在跟我說，他決定在那一天跟她表白。

我在電話裡聽到他的這一個決定，著實呆了好一會。他在另一邊仍不停地說：「我打算在那天送一束鮮花到她公司，然後在她下班後帶她到一間很有情調的餐廳共進燭光晚餐，並在那時送一份小禮物給她。之後我們會在沙灘漫步，輕輕鬆鬆地閒談一晚——」

過往一直對這些話題鮮有發言的他，想不到原來竟懂得那麼多。我忍不住打斷他：「喂，你想她一定會答應你嗎？」

他靜默了一會，然後說：「我想我準備那麼多，她會受我的誠意所打動吧。」

我聽到後，開始覺得有點頭暈……噢，誠意。我繼續問：「如果她還是拒絕你呢？」

「我想不到這麼多了。」他立即回說：「總之，在那一天不成功便成仁！你不是也經常說，樂透不買的話，是永不會中獎的嗎？難得我終於鼓起勇氣，為什麼你不鼓勵我呢？」

他並不知道我的難處，我開始不耐煩，說話也變得直接：「那為什麼一定要在那天表白不可呢？二月十四日那一天有什麼特別嗎？在那一天表白，是否就會得到神靈庇佑？平時不喜歡的人也能無端變成喜歡嗎？如果是有意的話，為什麼你不試試現在就去表白？在那一天表白，如果失敗的話，那種傷痛是會加倍的！而所帶來的麻煩，也是會更加倍的，你知不知道？」

其實我知道我是有點無理取鬧，只是我不能不去阻止他；但是我沒想到他會如此回應：「朋友，你認為我最終一定會失敗，並為大家帶來麻煩嗎？」

我不禁無言，不知該如何回應。

後來我們不愉快地結束了那一次通話。我阻止不了他，他根本不明白我在說什麼……也許，就連我也不明白自己在說什麼。我知道我的話根本沒有理據支持，因為我對他也沒有真正坦白。

第二天我致電給另一個他，問：「下星期是情人節了，你打算怎樣跟她度過？」

他似乎很忙，我聽到那急速的打字聲。他說：「很不巧，那一天我要到外地出差——」

我立刻打斷他：「這是你們開始交往以來的第一個情人節呀！你們竟然不打算共聚一起慶祝？」

「唉，那也沒有辦法呀，我也想一起過，只是公司如此安排，我也改不了嘛。你以前不是也說過嗎，如果大家互相愛慕，每一天都像是在過情人節呀。我和她一直都相處得不錯，又知道大家的心意，那何必為一個人定的節日而介懷太多？」

我不禁啞然——為什麼我的朋友都記得我的

話，並用來反駁我……只是他既然如此說，我也不好再去理會太多。

戀愛，是他們兩個人的事，我一直奉行外人少理為妙之策。

只是我開始思考，二月十四日這一天究竟是一個怎樣的日子？大家都為這一天費盡心思，安排節目，好好打扮一番。怎樣也好，每一個人都盡量希望那一天能過得甜蜜一點、浪漫一點。但平時就不需要甜蜜和浪漫嗎？應該不是這樣吧。可每一個人都為那天而鄭重其事。就連沒有戀愛的人，也不希望在那天自己一個人度過。

記得去年的情人節，她致電給我，第一句話就如此說：「很悶呀，不如出外看電影吧。」

當時我正在家裡打電玩，我隨口應道：「不會吧，近來都沒有什麼電影好看，而且今天不容易買票呀。」

其實我只是不太想跟她外出，但她竟對我發起脾氣來：「我不管啦，我可不想待在家裡發霉。」

我拗不過她，最後我和她出去看電影了，我也順便找了另一個他出來充場面。

他們就是自那一次開始發展起來的。

原來，不知不覺已經過了一年。這一年又如何呢？後來忙這忙那，我也沒時間再去費心，日子如常地流逝，二月十四日那天也隨之過去。

後來，聽其他朋友說，他真的在二月十四日那天表白；而意想不到的是，他竟然成功了。我對此驚訝不已，因為那就像是有人跟我說太陽是從西邊升起的那樣荒誕。只是當他倆甜蜜地在大家面前出現，大家也發現那一種親密並不是假裝出來的，我們也不得不確信這是一個事實。

但是我仍不能感到釋懷。有一次我在街上碰到另一個他，原本我想問他發生了什麼事，但他看來不想談到他們，只是不停說自己近來的工作有多得意有多忙碌，結果我還是什麼也不知道。

終於有一次，我在電腦看到她在線，跟她閒談一會後，我忍不住問她：「為什麼妳會和他在一起？」

「為什麼這樣問？其實沒有什麼特別呀。」她回道。

「因為，以前妳不是不喜歡他嗎？」

「可能是因為，他那天跟我表白吧。」

我馬上輸入問：「就因為那天是情人節，他跟妳表白？」

她隔了一會才回應：「不是因為那天是情人節，只是因為他剛巧在那一天表白。」

「我不明白……那天是情人節吧？」

「是呀，那天是情人節，但我想你也會認為，情人節這一天本身並不會帶來什麼奇蹟，主動一點積極一點，其實也不會跟平時有什麼不同。這一點你跟我說過，我也曾經親身證實過。」

看著她的回應，我有點怔呆。她這一大段話，是語帶雙關嗎？但我不能明白她的真正意思。

隔了一會，她問我：「你在嗎？」

「我仍在，我還在思考……我想我還是不能明白。」

「好了，我說清楚一點好了，你還是這樣笨。那一天，我病了，剛巧他打電話給我想約我出去，但是知道我生病，於是便趕來照顧我。後來，他向我表白，我接受了，就是這樣。」

「就是這麼簡單？」我有點難以置信。

「就是這麼簡單。」她如此回應。「其實是你想得太複雜了。」

「那麼，為什麼妳病了，妳不找他陪伴妳？」我這裡指的是另一個他。

「你或許也知道他那天正在出差吧。」我知呀，只是不會因此而變心吧？但她接著傳送過來的真相，也不是我所能預料到的：

「你難道真的感受不到，我從來沒有喜歡過他嗎？」

我不由得開始回想，去年的二月十四日，我介紹他倆互相認識，之後我便經常約他倆一起出外結伴遊玩。我鼓勵他追求她，我鼓勵她試著跟他發展；然後他倆在一起了，但只是一直以地下情的形式維繫著。為什麼是地下情呢？那是因為有一方始終沒肯定心意，而那一方就是她。可是對這一點，我一直都沒有深究，還在為撮合了他倆而沾沾自喜。原來，我一直都犯了一個嚴重錯誤……我認為兩個人之間的事，第三者不應過度地插手，但我一開始已經插手得過了頭。

她繼續傳來訊息：「其實我以前也沒想過會跟他在一起的，只是那一天剛巧我病了，剛巧發生了一些事，他向我表白，於是便跟他在一起了。如果那個人換作是你、或任何人，我也會跟他在一起的。只是，我和你錯過了，而我和他碰上了。不為那天是二月十四日，為的只是那一天、那一刻。現在，你明白嗎？」

「明白了。」我只能這樣回應，也沒有再說

什麼。

我終於明白，也終於知道自己有多後知後覺。

感情的事，以往我自以為明白很多，但也許，我其實什麼都不懂……

二月十四日這一天，也許本身沒有什麼特別的意義，就和其餘的三百六十四天一樣，只是普通的一個日子而已。

可是當有一天您幸運地碰上了那一刻，那一天就是您的二月十四日。

您碰上了沒有？但願您終有一天能真正碰上。

2.14

《搭檯》

在分離後的第三百二十五日的下午，我千里迢迢地，坐車去了那一間餐廳用膳。

已不記得自己是為了什麼而要去那一間餐廳，只記得在前一晚睡前，忽然心血來潮，決定第二天要到那裡吃一次飯。是一時懷念嗎？我沒有深究，但是卻有這種想去的感覺。於是早上我一醒來，便自動地往那裡出發。

不去，我知道自己不會死心。

意想不到的是，當我踏進餐廳裡面，竟看到她正坐在那過往我們經常佔用的桌位。

而碰巧，她也抬起頭來，結果與我打了個照面。

看來，她也感到相當意外，眼裡帶著一絲驚訝。但這只是一瞬間的事，隨之而來的是一個微笑——有點陌生的笑。大概我的臉上也浮起類似的笑容吧？

這樣遇個正著，我知道已經避不了，於是我唯有放鬆心情，以輕快的步伐走過去，並坐在她的對面。

「這麼巧，在這裡約了人嗎？」我笑著對她說。

「嗯，我跟他在這裡用餐，他剛去了洗手間。你呢？」她口中的他，是她現在的男朋友吧？她卻只說「他」……

「我？我也剛巧約了朋友在這裡。」

說著我便向不遠處的女孩指了一指，好證明我沒有撒謊——其實又有誰會理會我是否在撒謊？心底清楚知道，這只是我的自尊心在作祟。

她做出一副恍然大悟的表情，然後微笑著問：「是新女朋友嗎？看來不錯呢。」

我不置可否，笑著回說：「真的不錯。」

她靜了一會，然後說：「那你就不要像以前般吊兒郎當，要對人好一點了。」

原來我以前很吊兒郎當嗎？怎麼我自己一點也不覺得，甚至到如今還會獨自埋怨，自己過去對她是過分在意。

我心裡不禁有點疑惑，也有點感慨，到底那時候，她眼中的我是一個怎樣的人呢？

還是，她已經忘記了我是一個怎樣的人？

但我沒有問，「謝謝妳的寶貴意見。」我聽見自己如此回應，只是自己也感受不到，這句話有任何的感謝意味。

她看來與我也有相同的感覺，而不想答話；結果，我倆陷入了一陣靜默。

我開始覺得累了。看著她的眼，發現她也有一點點疲倦的神態。我想，大家都可以從對方的答話中，感受得到自己現在有多虛假。

彷彿在我與她之間，隔著好幾重玻璃；因為我們不能再直接觸摸到對方，於是漸漸自暴自棄地不再有話直說。

曾經如此親密的兩個人，現今卻在彼此應酬著，這又怎能教人不洩氣？

忽然，我留意到她的桌前，正放著一杯冷飲。我問她：「為什麼又點冷飲？不是要戒的嗎？」

她一愕，並立即以複雜的眼光注視著我。

我看到她的眼神，也突然驚覺，剛剛在無意中，我竟說了一句洩露了自己情感的話。我心裡慌著，努力尋找話來打圓場，可是我絞盡腦汁，也擠不出半句話來。

結果，我倆繼續靜默，只是那注視對方的目光，卻漸漸滲著一些不能親口言明的訊息……

其實，我多想親口跟妳說，我……

就在這時候，有一個男人站在我的身邊。我向他一望，知道是她口中的那個「他」。我跟他打了聲招呼，他卻冷冷的沒有回應，似乎不太想見到我。我只得立即跟他倆道別，她只是笑笑，也沒再說什麼。

想不到，相隔了這麼多個日與夜，我還是成為先離開的那一個。

最後，我起身離座，然後走向那坐在不遠處的女孩前面，並低聲對她說了一句話。

我想我當時的神情應該很尷尬，因為那女孩聽到我的話後，露出一臉疑惑的表情。

可是我卻感受到背後他倆注視著我的目光，使得我不得不說：

「小姐，請問可以搭檯（意指同桌）嗎？」

搭檯，本是常事。

只是四周，還有很多空位……

《無言》

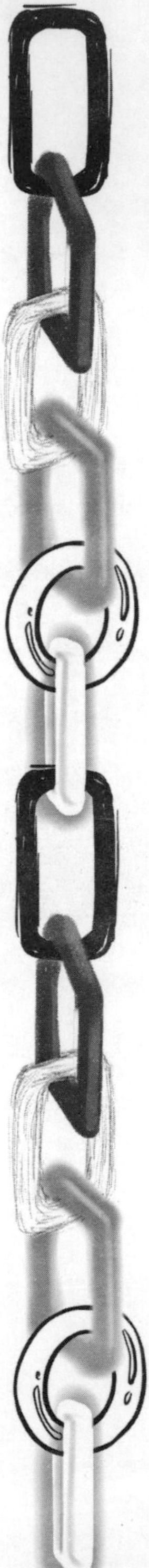

明與鈴是男女朋友。

這晚他倆共進晚餐，然後看了一場電影。

期間兩人無言。

有的，大概只有跟服務生或票務員的幾句對話。

散場後，他送她回家。

她臉上有點倦容，他留意得到，於是他選擇繼續無言。

到了她的家，她輕輕打開了門，轉頭對他一笑，然後進了屋，再輕輕關上那門。

最後仍是無言。

靚太是明的母親。

她坐在家裡的沙發已經一整晚，靜候她的家人回來。

深夜十一時，門外有鎖匙的聲響，她知道是大兒子回來。

他進屋，不發一語，逕自走到自己的臥房。

不久，從臥房出來，走到浴室，之後傳出水聲，只有水聲。

沒多久，從浴室出來，又再走進臥房，關上房門，然後不再出來。

她今晚煮了他愛吃的梅子排骨，他愛吃的空心菜牛肉，他愛喝的紅蘿蔔馬鈴薯湯。飯還熱著，湯還冒著蒸氣，都在廚房裡。

但他沒問，她也沒有說。

老趙與靚太是一對老夫妻。

他這晚加班，直到凌晨一點才回家。

踏進家門，漆黑一片，廳內沒有人。

他輕步走進臥房，看到她睡在床上，微微打著鼾。

脫下外套跟領帶，他從衣櫥拿出乾淨的衣服，然後離開臥房。

鼾聲過了一會便中斷。

她坐起來，拿起他脫掉的外套，一聞。

除了那難聞的菸味，還夾雜著淡淡的香水味——那是與她並不相襯的香味。

半小時後，他又再回到他們的臥房，她依舊打著鼾。

他輕輕坐在床上，看著身旁的她，不語。

房間充滿著沐浴乳的香味，除了他外套上的香味。她知道，但她沒有問。

過了一會，他抵擋不了倦意，睡著了，發出跟她一樣的鼾聲。

詠是老趙的幼女。

早上，她在浴室照著鏡，檢視自己的儀容是否整潔。

他剛醒來，從臥房走進浴室拿他的刮鬍刀。

她從鏡中看到他，他從鏡中看到她，但眼神大概只有半秒交流。之後她繼續看回自己的臉，他繼續拿他的刮鬍刀。

後來，她在門前穿著皮鞋時，他從浴室出來，然後坐在沙發上，開了電視看新聞報導。

新聞報導說，本地銀行將會升息，他不禁留神。

不久，傳來一聲鐵門被關上的聲音。

傑和詠是同班同學。

兩人被編排坐在一起，只是他們從未跟對方說上什麼話。

事實上，他暗戀她，她對他也有好感。

不過，兩人都是沉靜的人。除了偶爾一兩句的「謝謝」、「早安」外，就沒有其他對話。

他倆同班，已經有兩年。

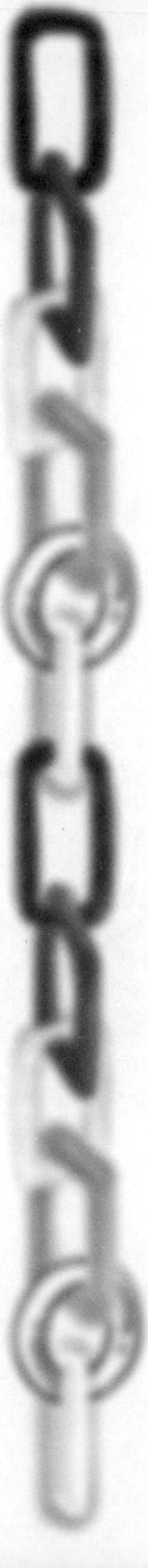

玲是傑的姐姐。

每當她下班回家，他都在對著電腦，玩著那些線上遊戲，或是不停在打字。

而她，也都忙著打電話給自己的好友，數說著今天同事們的不是。

這天，是他倆吵架後發展為長期冷戰的三周年紀念日。他記得，但她不記得；她已忙得毫不在乎。

就如，他也同樣不記得，昨天就是她的生日。

《兩個故事》

阿仁一直認為，美怡是不喜歡他的。

自從被美怡發現自己暗戀她的真相後，阿仁就覺得自己像跌進了地獄深淵一樣。

過往兩人本是時常有說有笑的，只是當被一些麻煩同事大力宣揚兩人的緋聞、而他自己又無意中向對方洩露了自己的真正心意後，美怡就與他保持遠遠的距離，再不主動找他說上一句話。

開始時阿仁還在想，可能只是她太忙，所以才不來找自己說話；只是過後他就覺得，情況並非如此樂觀。

公司裡同事們的感情相當好，經常會約在一起出外聚會，而阿仁亦因而有很多機會跟美怡經常碰面。

這本來是不錯的機會，可以讓他與她有更多的溝通及接觸，可是阿仁所遇到的情況，卻令他處處碰壁——

大家聚在一起吃飯時，明明她坐在自己的對面，但她從不會正面望自己一眼，說話時也只會望著其他人說，彷似自己是透明的；他逗她說話，她的語氣也只是冷冷的，一句起兩句止；出外活動一班人合照時，阿仁剛巧站在她隔壁，但她卻不會靠向他；進戲院看電影時剛巧美怡坐在他身邊，大笑時她也是只會靠攏另一邊的人一起大笑，討論劇情時她又只會跟另一邊的人輕聲細語，就好似自己跟她並不認識一樣。

面對這種種，阿仁只覺得很孤獨、很難受。自己是真心喜歡美怡，但就是因為自己如此地認真，他害怕若自己向她表白失敗的話，她跟自己就會連朋友這一種關係也不能維持下去，所以他一直不敢向美怡表白，免得大家相見時出現尷尬，也免得大家再沒有對話的餘地。

想不到，因別人的閒言及自己的一個疏忽，今天終於還是發生了這一種情況。阿仁此刻只覺得很懊喪，除了因為現在遇到的這種難堪，也因為她對自己的態度……即使美怡沒有親口說出來，但肢體語言已表達了一切——她不想跟自己親近。

最後，阿仁選擇了逃。

之後每當有美怡出現的場合，他都不會出席；遠遠見她走近，他就會立刻走往別處；一切與她有關的話題，自己都會先過濾避而不談。或許只有這樣，他才能脫離面對她時的難堪；或許只有這樣，自己對她的思念亦會因而減少……

又或許，這就是最適合他倆的結局。

美怡一直認為，阿仁是不喜歡她的。

自從被阿仁發現自己暗戀他的真相後，美怡就覺得自己像跌進了地獄深淵一樣。

過往兩人本是時常有說有笑的，只是當被一些麻煩同事大力宣揚兩人的緋聞、而她自己又無意中向對方洩露了自己的真正心意後，阿仁就與她保持遠遠的距離，再不主動找她說上一句話。

開始時美怡還在想，可能只是他太忙，所以才不來找自己說話；只是過後她就覺得，情況並非如此樂觀。

公司裡同事們的感情相當好，經常會約在一起出外聚會，而美怡亦因而有很多機會跟阿仁經常碰面。

這本來是不錯的機會，可以讓她與他有更多的溝通及接觸，可是美怡所遇到的情況，卻令她處處碰壁——

大家聚在一起吃飯時，明明就只剩下對面的空位，但他卻顯得不願坐下似的；發言時他總是心不在焉，彷彿沒有在聽她說話一樣；即使他對她說話，他的語氣也吞吞吐吐的，感覺不太投入；出外活動一群人合照時，美怡主動站在他隔壁，但他卻不會靠向她；進戲院看電影時美怡主動坐在他身邊，看到搞笑的情節時他也不會大笑，悄悄望向他時只見他一臉木然，就好似自己跟他並不認識一樣。

面對這種種，美怡只覺得很心痛、很難受。自己是真心喜歡阿仁，但就是因為自己是如此地認真，她害怕若自己向他表白失敗的話，他跟自己就會連朋友這一種關係也不能維持下去，所以她一直不敢向阿仁表白，免得大家相見時出現尷尬，也免得大家再沒有對話的餘地。

想不到，因別人的閒言及自己的一個疏忽，今天終於還是發生了這一種情況。美怡此刻只覺得很懊喪，除了因為現在遇到的這種難堪，也因為他對自己的態度……即使阿仁沒有親口說出來，但肢體語言已表達了一切——他不想跟自己親近。

最後，美怡選擇了逃。

以後每當有阿仁出現的場合，她都不會出席；遠遠見他走近，她就會立刻走往別處；一切與他有關的話題，自己都會先過濾避而不談。或許只有這樣，她才能脫離面對他時的難堪；或許只有這樣，自己對他的思念才會因而減少……

又或許，這就是最適合他倆的結局。

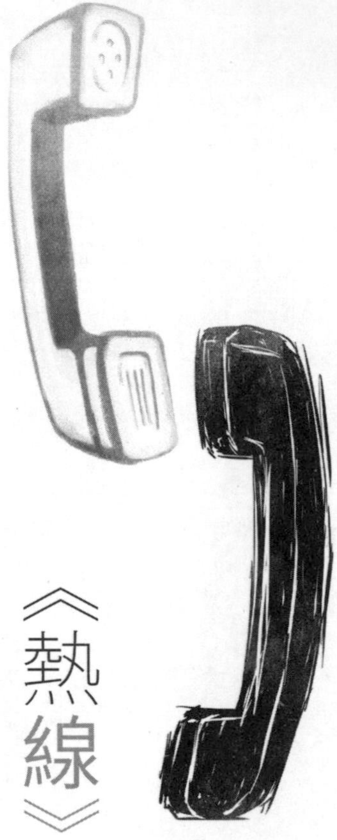

《熱線》

晚上十點，屋外正狂風暴雨，阿健在熱線中心裡，卻覺平靜得可怕。

這天不幸地要輪夜班，阿健之前想好的約會只得告吹。

雖然，沒有上司在中心裡「監視」的夜班是很輕鬆寫意——他可以用電腦上網偷懶，甚至隨時跟其他同事閒聊說笑，但接近一個小時都沒有人打來，卻令他有種「白坐」的感覺。

他已經把平時瀏覽的網頁來回細閱了好幾遍，想找個人說說笑話，可是鄰座的阿思卻抱著枕頭在桌上打盹，拒絕對談。

他不禁抱怨，在星期六的夜晚，其實又有誰需要協助？有空的人，都已上街了吧；在街上的人，又怎會有需要打電話來？在這個時段，根本就沒有提供熱線協助的需要……

此刻，桌上的電話終於有來電的訊號，他立刻吸了一口氣，伸手拿起聽筒，用專業的語氣說：「您好，這裡是『戀愛求助熱線』，我叫阿健，請問有什麼可以幫您嗎？」

「我……我剛剛跟女朋友分手了。」是一道低沉的男人聲音，「我跟她在一起已有五年，最近她突然向我提出分手，然後就從我的生活中消失了……」

「先生，請問如何稱呼您呢？」

「我姓何。」何先生答得相當無精打采。

「何先生，請問一聲，她跟您分手了，對您有什麼影響嗎？」阿健嘴裡這樣問，雙手同時用電腦搜尋公司所預設的有關失戀個案的應對內容。

「嗯……影響嗎？我開始不能集中精神工作，變得沒有食慾，有時更不想出門見人……」

「那麼，就順其自然吧。」阿健用了解的語氣說道：「而且，根據我們統計所得，大部分失戀的人，都曾經出現過何先生您剛才所說的徵狀；而當中約八成以上，最後都能自然地回復正常，所以我們認為您無須太過擔心。」

「但是，我覺得很痛苦呀……」他的聲音愈說愈無神，像是溺水般無助。

「何先生，我明白您痛苦的心情，但是沒有了女朋友，您是不是就不能活下去呢？」

他不語，隔了一會才問：「那我要多久才能回復正常呢？我的心裡從未有過像現在這般混亂……」

阿健瞄一瞄螢幕，資料文件裡指出：若客人詢問這一個問題，服務員不能給予明確的答覆——那就是要模稜兩可吧？阿健想。

但他知道在這種情況下，語氣要顯得更專業：「這要看各人自身的智慧與經驗而定，有些人復元得快，有些人復元得慢，單憑一些簡單的資料，我們是無法確知的。若何先生想知道自己何時可以康復，您可以試試本公司的測試計劃，甚至參加本公司的自我充實課程，這些都有助您盡快平復心情。」

「我……我有興趣試試！」

阿健心想，這客人的決定倒算果斷。他於是說：「好，那我現在會將您的電話轉接到我們的『客戶關注組』的同事，她會為您詳細講解有關的課程資料及收費，麻煩您等一等……」

說完，他在電話機上按了幾個鍵，旁邊阿思桌上的電話立即響了起來。她睜開睡眼望一望電話，然後轉頭問阿健：「什麼 case ？」

「何先生，最近失戀，想知何時復元。」

「好的。」她吸了一口氣，然後拿起聽筒，用清晰的聲音說：「何先生您好，我叫阿思，您是否想參加本公司最新的測試計劃……」

阿健笑看著她，心想她果然經驗不淺，能夠這麼快便轉換了心情。

他放下聽筒，電話立刻傳來來電聲，他連忙再拿起聽筒說：「您好，這裡是『戀愛求助熱線』，我叫阿健，請問有什麼可以幫您嗎？」

「我……想請教一些問題。」這次是女的。

「請問小姐您貴姓？」

「我姓徐。」

「徐小姐您好，請問有什麼可以幫您？」

「近來我覺得，我的男朋友對我的態度愈來愈冷淡，常常都不理不睬，我問他是否發生了什麼事，可是他卻總是說沒有，後來甚至不回答我了……他從前不會這樣……我想問，我跟他是否要分手了？」

「請問徐小姐，您跟您的男朋友是如何及何時認識的？」阿健邊說邊在電腦裡查閱相關的資料文件。

「是我的朋友介紹認識的，兩個月前，我們第一次見面，當時……」

他瞄一瞄內容，那是「互相認識不深類」，於是問：「那麼，您們在一起的時間，大約有一個月吧？」

「是的。」

「徐小姐，根據我們的統計資料，其實『冷淡期』是一個正常現象，所謂戀愛的激情一過，兩人冷靜下來後，就會發現到對方與自己本身的不同，而慢慢生出一層無形的隔閡，並使得大家在相處時變得沒有剛開始時那麼親密。」

「也就是說，其實我們現在什麼問題都沒有？」

「徐小姐，雖然這是正常現象，但並不等於沒有問題。兩個人一直走下去，總會有大大小小的問題需要面對。關於徐小姐現在的境況，我們建議您應該要抱著積極樂觀的態度，嘗試與對方溝通，猜疑或灰心對兩個人的相處並沒有正面作用。」

「我也想跟他多溝通，但他對我總是愛理不理……」

「溝通及了解是有很多種方式的，接受程度也因人而異，可能您的方式不適用於他身上，建議不妨轉換更適合的形式。」

「那不是要我改變自己嗎？我會不會因此而變得沒有了自己？」她不安地問。

阿健立刻依稿直說：「徐小姐，在戀愛裡，有沒有自我，並非要先考慮的要素；況且，兩個人一起生活，最後都會互相影響，並會在不知不覺間改變了自己。不過，您仍可選擇捨棄其他東西，去保留保持自我的權利——這是誰也不能勉強您的。」

徐小姐聽到阿健如此快速地回應，不禁靜下來去想自己是否太注重自我。

阿健也預計到她的這一種反應，於是根據文件的指示、不再作聲。心裡同時覺得，這些資料文件的應對方法真是包羅萬象而又十分見效——雖然這些指示應對，都只是一些簡單不過的道理，但憑著這些簡單甚至像是空話的「道理」，卻又可以替他解決不少求助者的疑問。是因為求助者的問題，來來去去都逃不出那些範疇吧？

他有時會想，其實打電話來的人，是否真的需要他們的幫助呢？只要他們理性地去想一想，本身也應該能解答自己的問題吧，但是每天仍會有不少人打來問那些大同小異的問題……不過話說回來，若所有人都沒有疑問而能夠自問自答，他也就不會有這一份工作了。

最後，徐小姐說：「那……我想請問，你們有沒有關於改進溝通技巧的進修課程？」

「有，徐小姐若有興趣，我會將您的個案轉接給我們『客戶關注組』的同事，麻煩您等等……」

阿健瞄一瞄阿思，她不知何時已結束了與何先生的對話，他於是立刻將電話轉接給她。

才剛放下聽筒，電話又傳來了來電聲，阿健不禁嘆了一口氣，心想為何忽然有這麼多來電？他拿起聽筒說：「您好，這裡是『戀愛求助熱線』，我叫阿健，請問有什麼可以幫您嗎？」

「你是阿健嗎？」是一道年輕女聲。

「是的，請問小姐如何稱呼？」阿健覺得那聲音及語氣有點似曾相識。

「我？我就是阿健的女朋友。」

「什麼？」阿健嚇了一跳，心想怪不得聲音如此熟悉，他忙問：「妳打來幹嘛？」

「人家怕男朋友悶，想關心他嘛……你們公司有沒有辦法解決我的難題？」聲音好嗲，只聽得阿健又甜又尷尬。

旁邊的阿思看到他的反應，大約猜到是怎麼一回事，於是饒有深意地對他一笑，他恨不得想立即找個洞鑽進去。

「我還有兩小時才下班呀……」阿健低聲說：「妳找些事做打發時間，待會我跟妳吃消夜吧。」

「我很悶呀……我不管，我要你現在陪我。」

「唉，我也想，但……妳等等……」這時阿思拍了一拍阿健的肩，他於是轉頭問她：「什麼事？」

「不如你先走吧。」阿思低聲對他說。

「可以嗎？還差兩小時才下班呀！」阿健驚喜地問。

「行啦，我一個人也應付得來。你去陪你的女朋友吧。」

「但……這不太好吧？」雖然他也很想離去。

「反正今晚也不會有太多人打來，下次你記得請我吃消夜報答我就行啦。」她笑道，然後拿起聽筒，與徐小姐繼續剛才的對話。

阿健感激地向她一笑，接著他趕忙向女朋友報告最新消息。

後來，阿思結束了與徐小姐的通話，她放下聽筒，電話機沒有再響起來電的聲音，於是她起身舒展了一下筋骨，才察覺原來中心裡已只剩下她一個人。

她環視那靜寂的四周，再望一望身邊那空置了的座位，心裡忽然有種莫名的刺痛感……

這一刻，她很想找一個人傾訴。

於是，她從包包裡拿出手機，猶豫了一會，最後按下了一組號碼。

電話很快便接通，並傳來一道專業的聲音：「您好，這裡是『明愛暗戀諮詢熱線』，我叫阿明，請問有什麼可以幫您嗎？」

《樂透》

這天下午，阿勇、阿空、阿花、阿月路過這個投注站，看到站外貼出的樂透宣傳海報。阿勇不禁動心起來，於是跟其餘的人說：「喂，不如去買樂透吧？」

阿空立即反問：「你相信會中嗎？」

旁邊的阿花也笑道：「就是嘛，買了這麼多期，我連安慰獎也沒中過。」

「但不買就不會中呀。」阿勇似乎相當認真。

阿空卻在冷笑：「那買了又會中嗎？」

阿勇聽到他這兩個朋友潑冷水，有點洩氣，但還是說：「你們不想買，那我自己買好了。」然後就獨自走進投注站。其他人見狀，心想橫豎沒事可幹，也只好跟著一起進去。

投注站內有很多人，大多都忙著在彩券上費神，嘗試從四十九個號碼中挑選出那幸運的數字組合；也有些人選擇不填，直接到櫃檯去，以電腦隨機挑出的號碼下注。

阿勇是「自選派」的，他拿了一張彩券，站在一邊對那些號碼發起呆來。

阿空見狀，又趁機再潑他冷水：「選哪一個都一樣吧？聚精會神去選，難道就會中嗎？」

阿勇不甘示弱：「每一期總會有人中的吧！」

「但中的人不是你呢。」阿空冷冷地說。

「你又怎知這一期不會是我中？」阿勇開始有點動怒。

阿空還想再說什麼，但阿花立即插口打圓場：「都是朋友，又怎會不希望你中呢！中了的話，記得告訴我們啊。」

一直不說話的阿月也插嘴說：「可能真的會中呢。」

聽到他倆這樣說，阿空才住口不作聲，但臉上神情仍不以為然。阿勇也不再理他，在彩券上選了六個號碼，然後就往櫃檯下注。

這時候，有個男人突然衝過來，擋在他的前面並插起隊來。阿勇本來不滿他的行徑、打算要跟他理論，但他聽到男人的話後，卻停了下來。

因為那男人對櫃檯職員激動地說：「小姐，我中頭獎了！」

櫃檯小姐聽到那男人的話，卻沒有什麼特別反應，她只是冷靜禮貌地說：「先生，可否先給我看看您的彩券？」

男人雙手有點顫抖，緩緩地把彩券遞給櫃檯小姐。

櫃檯小姐接過彩券後，把它看了一遍，然後就將它放進檢測儀器中。但等了一會，檢測儀器都沒有任何反應，於是她將那彩券從儀器拿出來，看看是否有什麼地方不對勁。她看見彩券上面的號碼而且確是中獎號碼，可是專業的櫃檯小姐很快就找出不對的地方。

她把彩券遞還給那男人，保持禮貌地說：「先生，您買的那些號碼的確是上一期所開出的號碼……」

男人立刻緊張地說：「是呀、是呀、我中了頭獎！有什麼問題嗎？」

櫃檯小姐續說：「但是，先生您的這張彩券，是在再之前的一期買的。」

「之前一期買的有什麼問題，不也是一樣中了嗎？」男人似乎愈來愈激動。

「先生，那是不一樣的。」櫃檯小姐耐心地解釋：「早了或遲了，就算是一樣的號碼，也是得不到任何獎的，這點大家都應該早已明白。」

「我不明白、我不明白……」男人開始歇斯底里，並在投注站內呼天搶地般喊叫起來；最後他被站內的保全人員「送」出了投注站外。

阿勇他們一直看著那個男人，心裡都對他有一點點同情。

曾幾何時，大家都希望中得頭獎，也曾夢想過，如果中了頭獎的話，自己的人生將會變得如何。雖然一買再買都是中不了，但對奇蹟的出現還是有一絲期盼。偶爾又會傻想，如果有一天自已真的中了的話，會不會承受不了刺激而瘋了？可能會也說不定。但如果，明明認為自己中了，最後卻發覺自己只是誤會一場呢？這種打擊只是空想也教人感到害怕。如今這種事發生在那個男人身上，他們實在不敢想像，他之後的人生會變得如何。

最後，阿勇在櫃檯下了注，阿花也下注買了一張由電腦隨機選號的，然後一夥人就離開了投注站。

在站外，一行人又再路過那宣傳海報，阿月看到上面的標語，似乎若有所思，腳步不自覺地停了下來。

阿勇等發現阿月不見了，也停下腳步，轉身問他：「怎麼了？走吧，要遲到了。」

聽到他們的呼喊，阿月就只是轉一轉頭，腳步還是沒有移動。

阿花又再「利誘」他：「聚會就快要開始了，今天你的夢中情人也許會來呢，不快一點就見不到她了！」

聽到他這麼說，阿月臉上有點尷尬，最後回說：「你們先走吧，我待會就來。」然後轉過頭，不再理會他們。

阿勇等人看著他的背影，一臉狐疑，最後也只得離他而去。

待他們走遠後，阿月一副心神又再回到那張海報上。只見海報上面寫著幾行大字：

「全城熱賣，幸福樂透金多寶，多買多中，先買先贏！」

之後下面有幾行較小的字：

「頭獎幸運兒：可以與您最愛的人一直相愛廝守，永遠過著幸福愉快的生活。二獎幸運兒：可以有伴侶跟您度過幸福愉快的生活。三獎幸運兒：可以與您最愛的人談戀愛。安慰獎：可以結識到男／女朋友一名。」

阿月從衣服的暗袋裡掏出一張彩券，上面印有上一期的投注紀錄。

根據開彩結果，他中了五個號碼以及一個特別號碼，他可以得到二獎——有伴侶跟自己一起度過幸福愉快的生活。

自從阿月知道自己中獎後，他一直猶豫是不是該去兌獎。

年輕時，他一直希望跟自己最愛的人長相廝守，過著幸福愉快的生活；但人愈長大，就愈發覺那就像是夢想般難以達成。或許世間會有奇蹟存在，但奇蹟會降臨在自己身上嗎？他不敢肯定，但現在可以肯定的是——

他可以有伴與自己度過幸福愉快的生活。如果自己捨棄了這一次機會，自己還會有下一次機會、下一次好運嗎？他只怕，自己等不到……而且，同樣是過著幸福愉快的生活，最愛與非最愛，自己又是否一定要強求？

想到這裡，阿月搖了搖頭，把彩券放回口袋裡；然後提起腳步，往投注站的門口走去。

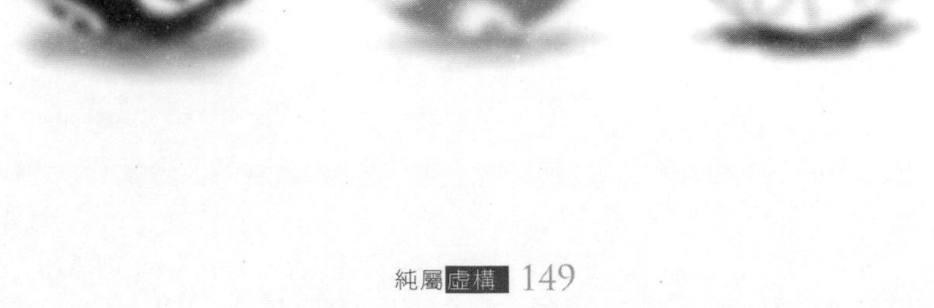

《白粥》

近來他經常患病，病得沒有任何食慾。

油的，覺膩；酸的，覺霉；甜的，似藥水；辣的，太刺激；苦的，早已常喝；鹹的，更覺反胃。什麼也吃不下，因此他的身子也愈來愈消瘦。

她看著他，臉上都是憐惜。

於是，不曾下廚的她，用心為他煮了一大鍋純白的粥。暖暖的，綿綿的，希望他可以下嚥。

法子奏效了。早已餓扁的他，聞到白粥的清香，不消一刻便把白粥掃清。

他看著她，一臉感激；她看著他，一臉滿足。

之後，她每天都會為他煮一鍋白粥，然後捧到他的家。

他每天都會把那鍋粥統統吃下，因

為除了粥，他實在吃不下其他東西。

而他的身體，隨著他每天吃白粥，竟然也漸漸復元過來。最後，他甚至痊癒了。

她心裡不禁竊喜，自己的白粥竟可以為他帶來益處，於是她更用心去煮白粥，盼望終有天甚至能打動他的心，可以在他的廚房裡，名正言順繼續烹調那溫暖的白粥。

只是……

這天她如往常般，捧著她的白粥上他的家，她卻在門外看到，他跟他的朋友們都在快樂地聚餐，吃著那外賣送來的披薩、薯條、泰式炒飯等等美食。而他的女朋友，更為他焗了一個特大的起士蛋糕，來慶祝他的康復。

她不禁想起自己那鍋白粥的清清淡淡，再見到他知道她到訪時的意外神情，她竟退縮了。

最後，她託辭離開，捧著她的白粥，回去自己的家。

回到家裡的廚房，她打開那鍋白粥，看著它，心有點痛。

她不願就此將心血浪費，於是拿了飯碗，為自己盛了滿滿一碗，打算作為自己的晚餐。

可是，當她吃下第一口，竟覺得很難吃；再吃第二口，還是很難吃。

是粥變冷了的緣故吧？於是她把粥鍋捧到爐上，開火將它溫熱，然後再盛了另一碗，吃下第三口。

但是她發現，即使粥變暖了，還是同樣地難吃。

她不由得看著那鍋白粥，沉思起來。

白粥，本來就是清清淡淡的，沒有味道可言，沒有口感可言，更不會為人帶來持久的飽足感。就算熱或冷、水多還是少，味道都不會有什麼差別。會吃它的人，都是因為它的易入口及容易消化；又或是有其他菜色的配合，能夠用作增添口味之用，可是它卻比不上白飯那樣令人容易覺得飽滿。

平心而論，當自己很有食慾的時候，自己會願意只選擇白粥作為長期膳食嗎？

想到這裡，她嘆了一口氣，忽然覺得自己就似是一碗白粥。

她再看看手中的那碗白粥，竟有一陣猶豫……

自己還要繼續吃下去嗎？

《找信》

黃昏，男孩冒著風雨，從另一個城市乘上最快的交通工具，遠道來到這城裡的郵局。

「總算趕得及在關門前來到。」男孩站在郵局前暗想，然後懷著興奮的心情推門進入。

郵局裡的燈光昏昏暗暗的，跟外面那陰暗的天色相比，像是沒有兩樣。他沒有太在意，把那滿佈雨水的雨傘放在門旁，再撥了撥肩上的雨水，然後就走到詢問處前，向一個滿頭白髮、穿著制服的老伯說：「您好。」

那老伯雙眼一直專注於桌上，他似乎正在處理著一些重要文件，但他仍是禮貌地回應：「您好，有什麼可以幫您嗎？」

「我想找一封寄失的郵件。」

聽到男孩這樣說，老伯像是有點意外。他放下手上的文件，抬頭打量了一下男孩，然後問：「何時何地寄出的？」

「我想大概是上一個星期，在這個城市寄出的。」男孩緊張地說。

「請你等一等。」老伯說完，就轉身走進一間房間，並關上了門。

男孩十分興奮，心想就快可找到那封寄失的信——那封她先前說過會寄給他，但他一直都沒收到的信，他實在太急於想知道，她會在信裡寫些什麼，因為她平時甚少會寄信給他，這可能代表著她對他有什麼表示……心裡彷彿有一種預感，這一次終於可以夢境成真。

但老伯進入那間房後，卻遲遲沒有出來。愈等下去，他心裡愈緊張，他唯有四處看打發時間。

他留意到，郵局裡除了他和老伯以外，就沒有其他人。

地板灰灰黑黑的，看來很久沒有打過蠟——他老媽每年總會為家裡的地板打上三、四次蠟。走到旁邊的寫信桌，桌上那用來盛水黏信的小水盤，裡面沒有半點水。他不禁幻想，這間郵局是不是早已被廢棄，只是老伯和它互相陪伴、共度餘生？

這時，老伯的聲音從背後傳來：「哎，信在這裡，您來找找看。」

男孩趕忙走回詢問處，只見老伯拿出幾封信，放在桌上。男孩有點意外，問：「就只有這些嗎？」

「你以為會有多少？」

「我以為……會有一大箱吧。」男孩傻笑著說。

「嘿，您以為會有這麼多人大意地寫錯地址、而又不寫回郵地址的嗎？」老伯冷笑，忽然又嘆了口氣，續說：「而且，現在的人流行用電子郵件，又怎會花時間去買郵票寫一封信，再把信拿去郵筒投寄這麼麻煩呢。」

聽到老伯這樣說，男孩只是敷衍地一笑，他實在太心急想找到那封信。老伯也不再說下去，只是把那幾封信推到男孩前面，讓他查看。

男孩立即把幾封信逐一拿起細看，但來回看了幾遍，都找不到有一封信上寫著他的名字、以及他的住址。

最後，他語帶失望地問：「真的全在這裡嗎？」

老伯卻笑笑說：「都在這裡，沒有其他了。」

「那麼……謝謝。」男孩垂下了頭，失魂落魄地轉身離去。

老伯看到他這樣，也搖了搖頭，然後拿起那幾封信，轉身再走進那房間裡。

晚上，男孩回到家。才剛進門，他老媽的聲音已從廚房傳來：「這麼晚，去了哪兒啊？」

「去找朋友。」他撒了謊，此刻他實在不想解釋太多。

老媽探頭出來，看了他一眼，然後說：「去洗個臉吧，飯就快煮好了。」

「哦。」他卻走到沙發前，攤坐在上面，發起呆來。老媽拿他沒法，最後還是回到廚房先應付她的靚湯。

過了一會，老媽的聲音又從廚房傳來：「喂，有件事忘了跟你說。」

「什麼事？」他無精打采地問。

「隔壁的陳太太，剛剛拿了一封信過來。那封信是寄給你的，她說大概是郵差把信放錯了信箱。我把它放在了飯桌上……」

男孩聽到老媽這麼說，立刻從沙發上跳起來，走到飯桌前，果然有一只米色的信封放在桌上。

他拿起它，然後連忙走進自己的臥房內，並關上了門。

他細看信封上的字，那是她的字跡吧？他頓時開心得笑了起來，連忙從桌上拿出一把拆信刀，小心翼翼地開了封口，把裡面的信件輕輕地拿出來。

意想不到，裡面是一張生日卡。

「原來她沒有忘記我的生日。」他愉快地想，然後懷著興奮的心情，緩緩地把卡片翻開，準備迎接她在裡面寫的一字一語……

但裡面，除了上款和下款，就再沒有其他字句。他拿著它，看著它，呆了。

這時候，老媽的聲音，又從外面傳來：「傻瓜，快出來吃飯，還想呆到什麼時候？」

男孩苦笑，也許，真的該醒了。

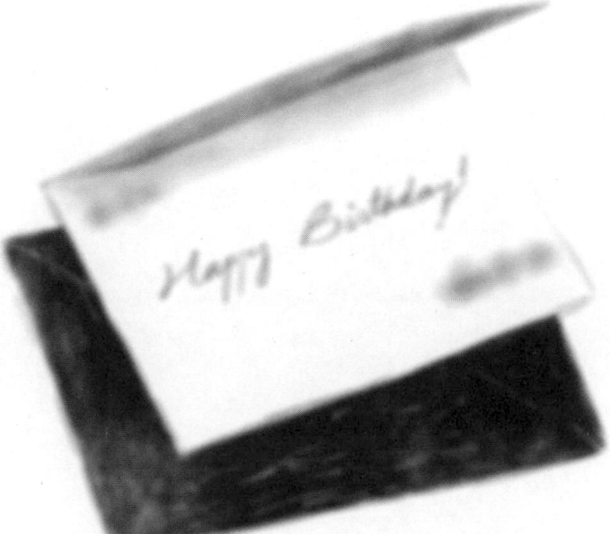
Happy Birthday!

《颱風》

「一起走好嗎？」他問。

「對不起，我約了人。」她笑答。

每隔兩三天的下班時分，他都會這樣問她。

而她，總會這樣婉拒。

這樣的不息、堅守，不知不覺間已持續了半年。

某日，颱風突然襲港，早上掛起了三號風球，未到中午，天文台已改懸八號。

公司內一眾同事一聽到消息，馬上收拾細軟回家「逃難」，不消一刻已十位九空。

他卻碰巧有事忙著，是最遲知道消息的那一批。而在處理好工作後，他也馬上收拾一切、準備離開，免得搭乘貴死人的計程車回家。

忽然間，他心念一動，抬高頭，往她的座位一望，見到她仍在收拾文件，尚未離去。於是他鼓起勇氣，如往常般走到她的座位旁，問她：「一起走好嗎？」

聽到他這樣問，這一次她卻沒有如往常般立刻給他例行性的答案，她低頭作思考狀，最後看著他，笑說：「好呀！」

最初的一剎那，他以為自己聽錯了；直到他跟她兩人撐著一把雨傘，一起走往地鐵站，他方才知道，這真的不是夢。

那一刻，他只覺全身充滿了力量與勇氣，他心裡誓言，一定要護送她安全回家。

而結果歷經了幾番風雨，他終於

成功地護送她回到她的家。

這時候，風雨似乎比之前更猛更烈了，撐著雨傘的他，沒多久便全身濕透；但想到剛分別時，她臉上的親切微笑，他只覺得今天這一切，都是值得的。

最後，他攔了一輛計程車，付了雙倍的車資，回去自己的家。

第二天，颱風已在內陸登陸，變成一股熱帶低氣壓，所有風球隨之除下，街道再次回復正常，公司裡又熱鬧了起來。

下班時分，他走到她的座位旁，笑問：「一起走好嗎？」

「對不起，我約了人。」她笑答。

他一愕，聽到這一例行性答案，

連之前原本預備好的話，也變得再說不下去。

此時她已逕自挽起包包，對像呆瓜般的他揮手道別離開。

他看著她的背影，只覺得今天的她很陌生，又覺得她就似是一陣颱風——

昨天來過，但今天已經消散，甚至無蹤。

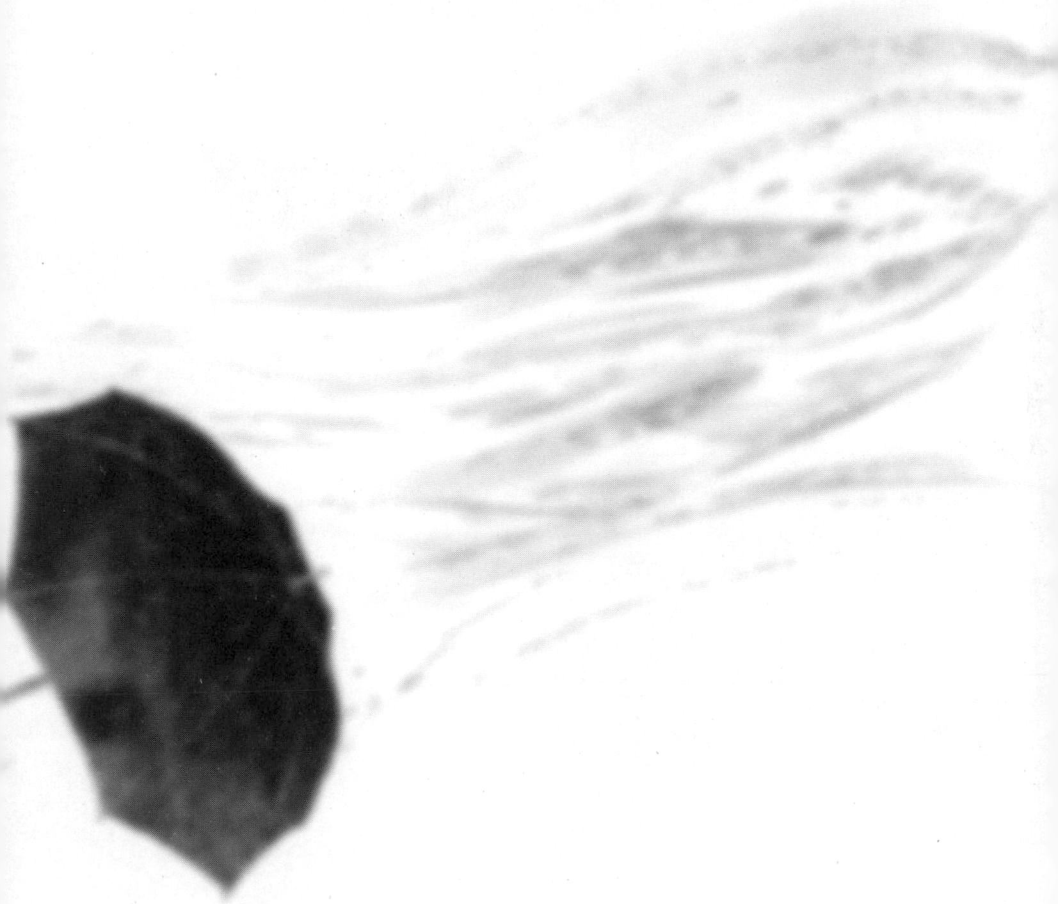

《可愛》

在電話裡，聽到阿森提起，他剛跟在一起才不到兩星期的女朋友分手了；潔儀不由得嘆了一口氣，不再跟他在電話裡多說什麼，硬約了他出來見面。

去到平時常去的咖啡店，只見阿森已坐在常坐的座位——那是一個可以看到窗外街景的位置。

還未坐下，潔儀就立即問他：「這次又是為了什麼原因分手？不用說，又是你先提出的吧？」

對此阿森沒有回應，只是說：「先叫飲料吧……是要奶油甜酒咖啡嗎？」

「嗯，謝謝。」潔儀放下包包，安坐好，又繼續問：「到底是什麼原因？」

阿森看著窗外，發了一會呆，最後緩緩說道：「我覺得她不可愛。」

「不可愛？」潔儀覺得他這個答案很荒謬，「我見過她，她外表清純，性格開朗，樣貌及身材都不錯，那樣的女孩還不算可愛？」

只是阿森仍是看著窗外，沒有什麼反應，就像是聽著與他毫無關係的事一樣。

潔儀沒好氣，唯有說：「森哥，你每一次談戀愛，不到一個月你都會說上類似的話，你再這樣下去，難道打算孤獨終老嗎？」

這時服務生送來了潔儀的甜酒咖啡，阿森接過，替她倒進一小杯的奶，用茶匙輕輕攪拌幾下，並把杯子推到她面前，才這樣回說：「我只是不想跟不可愛的女性一起生活。」

潔儀聽到他仍是這樣說，有點心灰，同時更覺得，眼前的老朋友就如世外高人一樣。

剛巧窗外走過一個漂亮的女郎，她立即問阿森：「那你覺得這個可不可愛？」

阿森側過頭，循潔儀的目光望去，見到那女郎一身入時打扮，配搭出色，臉上沒有太濃的妝，但輪廓分明，清清新新的感覺，頗為耀眼。但他也只看了兩眼，然後又是簡單回應：「吸引人，但不可愛。」

「嘩，你要求真高！」潔儀啜了一口甜酒咖啡，又說：「像剛才那麼高素質的女性，平時已經少見；若要更高素質的，通常不是嫁了人，就是名花有主，這你又不是不知道；

況且，你會甘願做一個第三者嗎？」

她不說最後那一句話還好，阿森聽到了，就立刻別過了臉不去看她。

潔儀卻沒有察覺到，仍在繼續說：「我明白，每個人心目中都有自己的理想對象，但是那些好的女人和好的男人，通常都是在別人的身邊了，而我們也得為自己著想呀！難道真的只為了要好的，就要讓自己一個人沉悶地過活嗎？而且，可愛不可愛，其實是很主觀的感覺，多欣賞別人的優點，不就會找到一些可愛的地方嗎？」

「妳不明白，其實這不是可不可愛的問題……」阿森終於開口回話，但此時潔儀的包包裡，卻傳出手機的鈴聲；她連忙向阿森做個抱歉的動作，打開包包取出手機接聽。

只見她聽了對方的話後，就說：「嗯，現在有空……什麼，你想去看電影？好呀……我這就去找你……嗯，再見。」

「抱歉，我有事要先走了……」潔儀一邊收起手機，一邊對阿森說：「你剛剛是想說什麼嗎？」

阿森卻不發一言，只對她笑笑搖頭，然後就揚手示意她快點離去。於是潔儀挽起包包，匆匆忙忙地離開了咖啡店。

看著她的身影從窗前走過，阿森的目光不自覺地跟上。

只見她臉紅紅的，一臉甜蜜，就跟他初認識她那時般，同一個模樣。想到這裡，阿森不禁幽幽地笑了起來……

其實，他早已找到心目中最可愛的人，他早已認定她是自己唯一可以去付出愛的女人。

只是，可以讓自己去愛，不等於自己能夠去愛。

也許就如她所說，好的女人，通常都是在別人的身邊。

《煮麵》

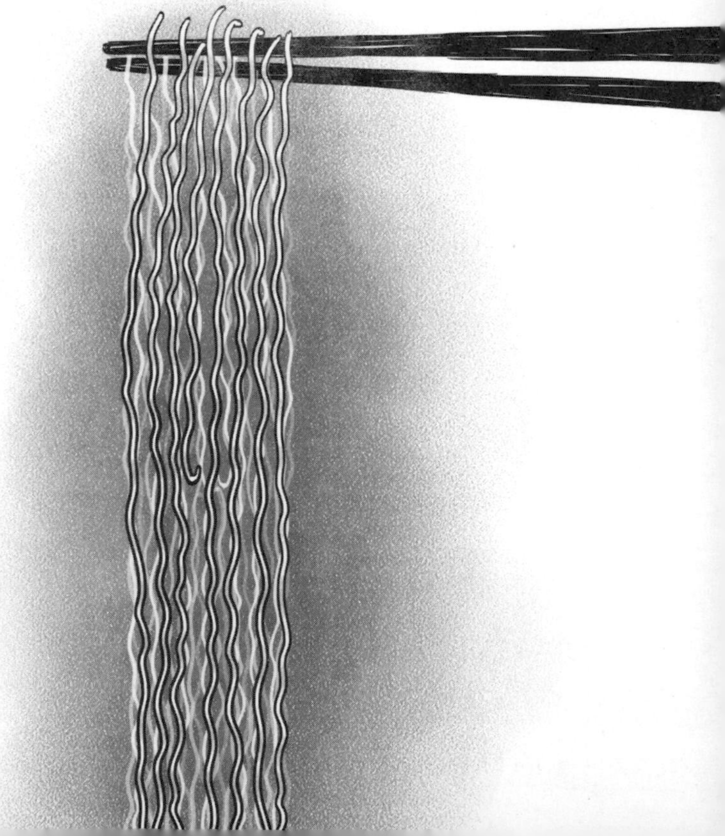

這夜，阿寧獨自在公司的茶水間裡，站在煮食爐前，默默地煮著公仔麵，充當她的晚餐。

煮麵，可以很簡單快捷，數分鐘便能完事；但若要煮得好吃，卻又有一番學問。

阿寧想要吃的，是好吃的麵，所以每一次煮麵，她都會花上很多心思及更多時間；也因為這個緣故，她其實不太喜歡煮麵——要找好吃而又方便的，還有更多選擇，又何須要親自下廚？

但今晚，她忽然好想煮一碗公仔麵來吃。

爐具上的鐵鍋冒著白白的水氣，麵差不多煮好了，於是她關上火，把那鍋端起放到流理台上，倒掉內裡的煮麵水，並將那些麵放入一碗預先煮好的湯裡，再加上麻油，大功告成。

阿寧把麵放在茶水間的桌上，坐在桌前等了一會，之後拿起雙筷，夾起一串麵條，慢慢放進自已的嘴裡。

麵條的爽滑，為她帶來美妙的口感，她知道這次的烹調還是維持了一貫水準；但同時間，她卻發覺到自已並不是在期待這種口感、甚至這種感覺，眼前的麵，忽然變得不再美味……

有一晚，加班工作的阿寧感到很餓很餓，坐在她旁邊而又好心的他，替她煮了一碗公仔麵。

那時候，她忙得連叫外賣的時間也沒有，所以她實在很感激他；但當吃了一口他煮的麵後，感激之心卻漸漸消失了。

後來，她問起他煮麵的方法，他笑答：「不就是把水跟麵跟調味包放進鍋裡煮三分鐘就行了嗎？」

看到他回答得那麼傻氣——至少在阿寧眼中看來是這樣，她不由得嘆了一口氣，她決定讓他認清事實。

第二天，她親自在茶水間煮了一鍋麵讓他品嚐，結果他那傻氣的臉，就變得更傻了。

自此之後，他就不斷地纏著她，請教她有關煮麵的技巧。而阿寧心裡亦浮起了一個頑皮的念頭，對他說：「這是我的家傳秘方，不能外傳。不如這樣，你逢星期六的早上也煮一碗麵來讓我試吃，我再指點你吧。」

意想不到，傻氣的他竟然相信，也竟然答應。

之後每個星期六的早上，他都會在空閒的時候，煮一碗公仔麵給她，這為她解決了星期六早上餐廳不營業買不到早餐的難題——這才是她的真正目的。

只不過，她的要求也可算是相當高——

「水太多了。」

「那我下一次弄少一點。」

但到下一次——

「水太少了。」

「上次妳說水太多嘛。」

「但也不是這樣少。」

又有一次——

「麵太爛了。」

「那我下次不要煮得太久。」

又下一次——

「這次麵太硬了。」

「是我煮得太快嗎？」

「其實這與煮得快或慢無關……」但她卻沒有再說明下去。

很多時候——

「湯不夠味。」

於是有一次他下了兩包調味包，結果湯鹹得她得不停喝開水。

其實阿寧也很佩服他的恆心與努力，只是想不到他煮了這麼多次，還是煮不好。不過，看到他沒有半點怨言地願意繼續煮下去，她覺得自己也不好再說什麼。而在這種沒有「指點」、只有「食評」的情況下，星期六為她煮麵，漸漸變成了他的例行公事……

直到，他離開了那間公司。

在臨別前的那個星期六，他又煮了一鍋麵，然後招呼阿寧到茶水間品嚐。

那次他煮麵的水準，跟以往完全不同，味道與口感就跟自己平時所煮的不分上下。她有點驚訝，他何時會煮得這麼好吃的麵？她呆看著他，他卻只是慣常地傻笑，然後就轉身去清潔廚具。

最後，他沒說什麼，她也沒有問，疑惑在他的離去後一直保留了下來。

此刻，她吃著自己所煮的麵，想起自己煮這碗麵的過程——先燒一大鍋水，待水沸了，就把水分成兩份，一份留在鍋裡用來煮麵，而另一份就倒進碗內用作放調味包用；之後，把麵餅放進鍋裡，煮上大約兩分鐘，再把那調味包倒進被分出來的那碗沸水裡；當麵煮好後，就把鍋裡的煮麵水倒掉，並把那些麵放進那碗湯裡，然後淋上麻油，再等候差不多一分鐘時間，才開始吃。

他，也是費了這麼多心思嗎？

她又想，這應該不是一個一連煮上好幾個星期麵都學不會的人，可以忽然學得會的。是有人教他嗎？但如果他真的是學會了方法，那他到底是何時學會的呢？而他為何沒有早點學會？還是……

但任憑她再怎麼猜想，她知道自己都不能知道真相……而且，人都走了，再想也已經太遲。

她又想起第一次他煮麵給她時的情景——她拿起雙筷，抬眼時看到他在笑，那一刻自己因為太餓而很感激他，還未察覺到那原來是他的招牌傻笑；想起他的笑，彷佛他就正坐在自己的眼前，自己還在吃著他所煮的麵……

麵，終於好吃起來了。

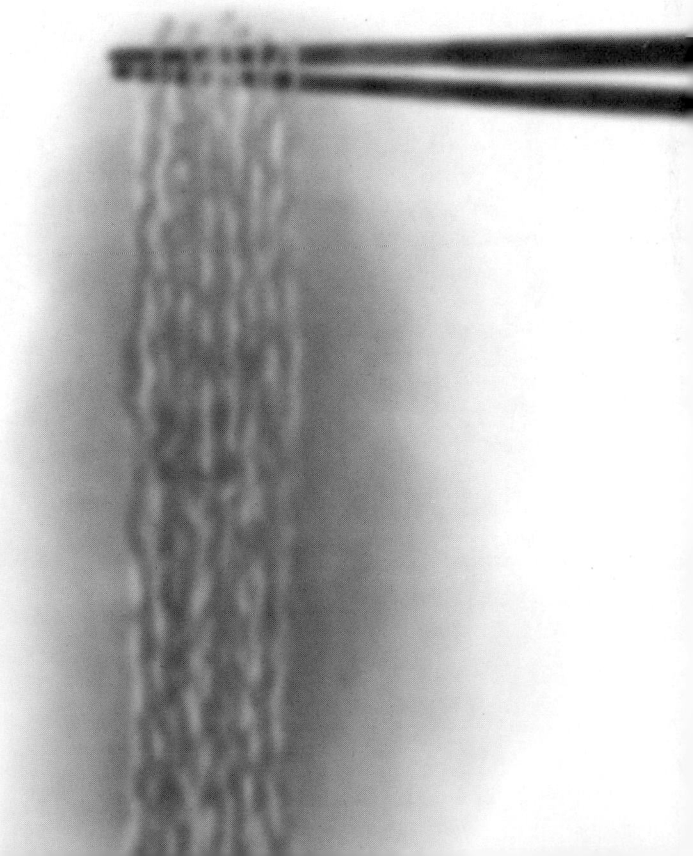

《秋夜》

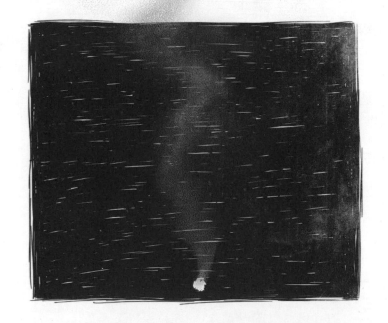

當，菜漸冷，酒已殘，言談盡，人亦醺，不得不散。

離開餐館，與眾道別，他獨自走上路的另一方。

風一陣一陣地吹來，炎夏似乎已經被吹走；他提醒自己，秋的夜深不宜外遊。於是他加快腳步，往車站走去。

走到街的盡頭時，背後傳來高跟鞋的聲響。他轉頭一看，見到不遠處站著剛剛在聚會裡的她。他對她不太熟悉，只知道她似乎是某人的好友，在一高級的財政機構工作，有著璀璨的前景。

「回家嗎？」她笑問。

「嗯，」他本不想笑，但出於禮貌，還是堆起笑臉。「妳呢？」

「我也是，你是到那邊的車站等車嗎？」

「看來我們同路呢。」

「對。」她又再笑，邊笑邊撩動那長髮。

他喜歡長髮的女性，只是今夜他卻無心欣賞。

他低下頭，停下腳步，待她走到自己的半米範圍內。當她走近，便再提起腳步，繼續往車站走去。

似結伴，非結伴。

風依舊一陣一陣地吹來，只是現在還滲透了從她身上傳來的香氣。

對他來說，那是一種很熟悉的香味——過去，他在另一個她的身上、在化妝用品店替她添置時，甚至在自己的衣服上，都曾聞到過這一股香味。

她喝了些酒，酒精蒸熱香氣，香氣帶著酒香，如今附在那清爽的涼風裡，那醉意似乎比以往的任何時刻，都來得強烈。他很清楚記得，這醉，他曾嚐過。

他忍不住望向她，她似乎有點微醉，臉有點紅。

那一夜，她也是臉有點紅。

天很黑，風很涼，他卻清楚看到她的臉、清楚感受到自己與她有多親近。

她對著他隨意地笑，展露過無數個他未曾看到過的美麗表情，說起了無數句他未曾聽到過的有趣話語。

他只覺從未跟一個人有這麼深入的接觸過，也似乎沒有在人前這麼開懷歡樂過。

最後，她睡倒在他懷裡，他看著她，開始後悔以前浪費了太多時間……

※

他跟她走到了車站，等了一會，車還沒有來。

她在包包裡拿出一個銀白色的鐵盒，從裡面挑起一根 Yves Saint Laurent，燃點起來。

菸絲的味道，令他稍稍清醒過來，但看到她的這一個舉動，又令他回想起某些片段。他不想再這樣下去，於是問她：「可否讓我也來一根？」

她有點驚訝：「你會抽菸嗎？」

他不答，只是微笑，然後從她的菸盒裡選取了一根，用她的打火機燃起，一吸……半支菸瞬間變成了灰燼。

她靜靜看著那菸，眼裡充滿著好奇，就像發現了新的玩具一樣。

這時，車來了。

她立刻把 Yves Saint Laurent 捻熄，走上車廂，回頭卻看到他依舊停在原地，她於是問：「你不上車嗎？」

「我不是搭這一班，妳先走吧。」他微笑著回應。

「那……」她有點疑惑，也有點猶豫，但司機的目光不容她繼續疑惑猶豫下去，她唯有這樣說：「那我先走了，再見。」

他對她揮揮手，然後繼續抽那剩下一半的 Yves Saint Laurent。

最後，車子載著無奈的她遠去。

或許，他知道她在想什麼，但他選擇裝作不知道。

另一輛同一路線的車不久來到，他把 Yves Saint Laurent 捻熄丟進垃圾桶，搭上了那一輛車離去。

秋夜，不宜外留。

太多灰冷太多別愁太多回憶太多傷痛太易令自己意亂情迷。

還是及早回家，回去自己的家。

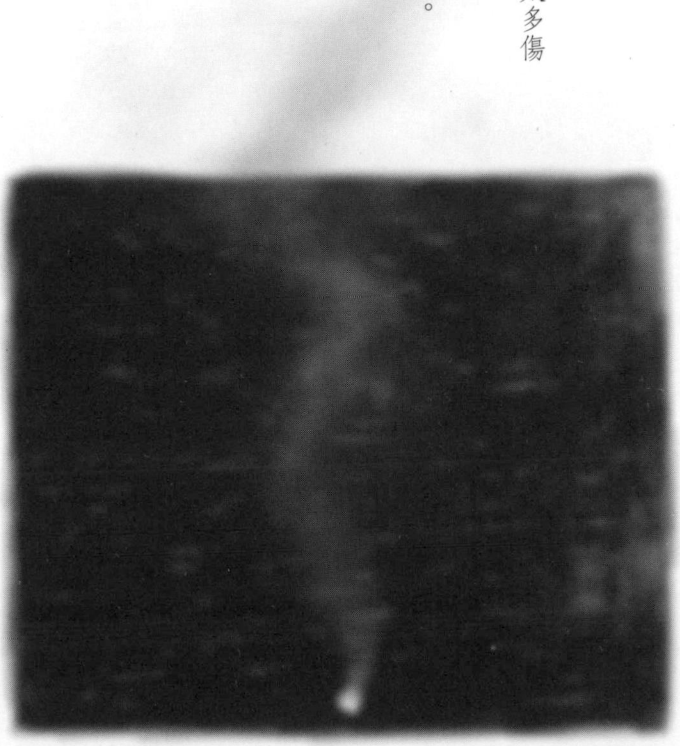

《曖昧》

沐浴完畢，阿智從浴室走出來，邊用毛巾擦拭髮上的水滴，邊往窗邊的電腦桌走去。

他把窗戶微微打開，涼爽的秋風迅即從窗縫凜凜吹進，他坐在電腦桌前，決定讓那風把他的頭髮「自然風乾」，於是他開啟電腦，連接了網路，打算在風乾完成前，到自己常去的討論區打發時間。

打開瀏覽器，阿智在網址欄輸入他早已背得爛熟的留言板網址，畫面立即顯示出一個四方淺藍的討論區。

他把討論區中正在討論的主題隨意看了一遍，右手食指把滑鼠上的圓輪推前又撥後，都找不到什麼吸引人的主題，直到看到一個名為「是愛情還是友情？」的題目時，他想，既然無甚選擇，不如看看這個吧。

移動滑鼠點閱進內，裡面沒有太多人在討論，留言也只有兩三則。發表主題的人是一個名為「小玲」的人，她在主題內說：

「我喜歡了一個人，我覺得他應該也喜歡我。只是……

我已經給了他不少相當明確的機會與提示，
但是他一直都沒有正面回應，
也沒有向我表示過一句親切的話。
到底，是我太多心嗎？
還是，他沒有勇氣呢？
他依舊對我這麼好這麼親密，
在我開心的同時，我擔心這只是我的一場誤會；
另一方面，我也開始不明白他的真正想法……
到底我們這樣的關係，是朋友，還是情人？
還是其實，比朋友多一點的這個位置，
是他所希望得到的？
但我現在只覺得很難受……
各位認為，我應該怎麼辦呢？」

把小玲的那些語句來回看了兩遍，阿智心裡有一種似曾相識的感覺。他再看看其他人的留言，只見有人這樣說：

「其實是不是有什麼問題在你們之間發生了？你們的關係應該不只友情這麼簡單。」

阿智搖一搖頭，知道情況不會這麼「簡單」。再看下一則留言，另一個人這樣說：

「愛一個人就是這麼苦，但我們仍是要一直堅守，甚至不惜付出。」

看到這樣的回應，阿智差點忍不住笑出來，也開始看不下去；於是他登入了討論區，用「程深」的名字——那是阿智的網名——留下了以下留言：

「現在這一種，應該是曖昧吧？曖昧，就算甜蜜，也不會持久；想確認關係的話，我認為要不就是進一步，要不就是退一步。希望妳會明白。」

意想不到，小玲很快就對他的留言作出回覆：

「是的，我是覺得很甜蜜；但我不喜歡曖昧，我不能真正享受現在此刻的快樂……進一步或退一步，我都覺得是很困難的……退，我會捨得嗎？進，我能做得到嗎？」

對小玲的留言，阿智感到有趣，覺得小玲應該是一個會思考的女性，於是他馬上回道：

「我會傾向，主動一點表達自己的心意；明示暗示借喻怎樣都好，總之合乎妳自己性格就行。若表達過後他仍是無動於衷，就乾脆退出好了。」

小玲又立即回應：「這樣好嗎？」

阿智點起了一根香菸，邊抽邊在鍵盤輸入：

「不妨對妳坦白，對我來說，曖昧關係是很甜蜜而又非常輕鬆的，既沒有名分不用負責承諾什麼，也不用向對方交代太多自己內心的真正想法——因為對方無權過問；但這種感覺亦不會持久，尤其是當對方進一步地想超越關係、而自己又尚未有準備、甚至本身從來都無意時。到有一天妳太緊而我不緊時，妳就不會再覺得甜，甚至會覺得很苦很累的了。」

過了一會，小玲回道：

「看到你的這個留言，忽然有一點清醒的感覺。我一直都在想，他可能真的有難言之隱、又或是被以前的愛情重傷過而未平復；但看來未必會是這樣子……」

「受過重傷是一回事，但對現在的眼前人愛不愛又是另一回事，受傷而不懂愛人只是藉口。」

阿智忍不住笑，繼續輸入：

「試想，真的愛的話，即使心理到生理被重創而未能復元，但向所愛的人表達自己想法是很困難的事嗎？換一個角度，如果『病情』真的嚴重到不能向人表達，那又為何能做得出對人好對人親密的行徑？面對這種人，與其猜想他可能愛妳，不如肯定他現在更愛自己。」

剛好，阿智手上的香菸抽完，他把菸蒂丟到菸灰缸上，順便把那半滿的菸灰缸拿進廚房去清理。回來時，看回螢幕，只見到小玲說：

「謝謝你的解釋及提議，我現在知道該怎麼做了。」

「不客氣。」

阿智對著螢幕笑說，但沒有按鍵輸入，因為小玲的留言未完：「我想，程深你懂得那麼多，你應該是一個很懂得愛情的人，跟你一起談戀愛的人，應該會很幸福吧？」

這時候，阿智感到自己的臉有點熱——是天氣太乾燥使得皮膚敏感嗎？也許是吧。

他用手摸一摸頭頂，髮心已經被吹得乾爽輕盈，於是他關上窗，也關上了電腦，然後輕步走往自己的睡床。

他拿起放在床邊的手機，發現不久前有幾通未接來電，全是來自同一個女人的；他暗暗慶幸自己預先把手機調到不響不震的模式，並立即決定把手機關上。

阿智走上床，床褥跟被子為他帶來與秋涼截然不同的舒暢感，很暖很舒適。

不久，他就摟著床上的另一個人，進入了夢鄉。

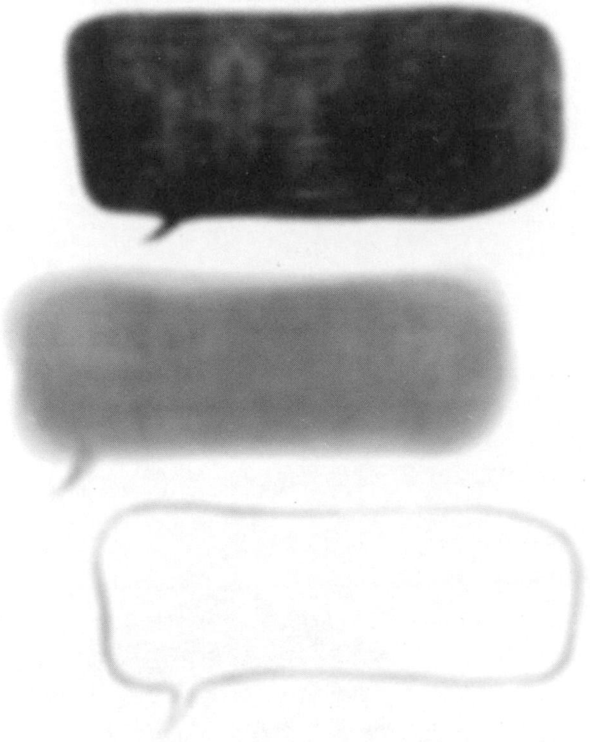

《結幕》

自從知道自己的文章得到了出版社垂青、將會被印刷成書推出市面後，他就覺得自己如身在夢中一樣。

少年時，他也曾做過出書的夢。那時的生活平淡苦悶，沒有太多玩意兒、更沒有太多金錢讓他去消磨時間，於是只得整天待在家裡，對著空白的筆記本亂寫亂塗。他心裡暗暗期盼，當有天將整本都密密填滿時，就是心坎中那動人故事終幕完成的時候。

可是，他自己的懶惰性格，卻令他不能持之以恆；故事往往只開始了首章，未到第二章就已經沒有了下文。另一方面，隨著年齡漸長，他由學生時代步入成年人的工作世界，對現實世界的認識逐漸加深，令他察覺到自己心坎裡的故事，原來並不是那麼美好、那麼亮麗。

因此，那一個出書夢，就隨著少年時代的完結而同時夭折。

本來，夢想是應該就此而結束了的。

每天工作以至生活上所帶來的勞累，早已令他再沒有其他精力去運作腦袋、提起筆桿去寫任何東西。但直到一年前，他與她分開了，也許是因為不習慣寂寞，又或許是因為他仍掛念她；也許是因為他有一些話仍想讓她知道，更或許是他害怕終有一天竟忘記了關於她的一切……他決定在網路上找一個空間，在裡面記下一篇篇關於他和她的事與情。

開始時，他是用日記的形式述說自己的心事，但後來自己回頭看也覺沉悶，於是就轉用了故事的形式來表達。

奇妙的是，那些像故事般的心事，竟吸引了愈來愈多人來瀏覽，又有愈來愈多人給他意見交流；而他的故事亦愈寫愈多，比起他少年時期在筆記本記下的字數還要多。到最後，他在網路上漸漸建立了些微名氣，然後就有出版社的編輯問他，有沒有興趣投稿，然後就……

想到這裡，他仍覺得自己像是在做夢一樣，而同時心裡也有點感觸——最初的寫作原因，大部分是因為她而起；而如今成書了，他實在好想告訴她這一件事，因為他認為這一份「成就」並不只屬於他的，故事裡的無數個她，有不少其實就是她的影子；若沒有她，就根本不會有那些故事。

但另一方面，現在自己與她的距離，似乎隨著歲月的流逝而變得愈來愈遠。自己還要去找她嗎？她會接自己的電話嗎？而即使跟她說了這件事又有何用？但他又想，現在只是找一個朋友而已，其實何須想得太多？

於是，他拿出手機，按下她的電話號碼，再按下撥出鍵。

電話接通，另一頭傳來了她的聲音、有點倦而冷的聲音：「喂，找我有事嗎？」

「嗯，是的。」他發覺自己的口齒有點不清，以往在她的面前他都是這樣。「其實沒有什麼特別，只是想告訴妳一件事。」

「哦，什麼事？」

「唔……前一陣子有出版社跟我洽談出版計劃，將會替我出一本小說。」

她沒有什麼反應，只是問：「哦，是自費的嗎？」

「不是，我只需交稿而已，其餘的大多由出版社負責。」

「哦……」她的尾音很長，但語氣仍是冷冷的。「那不錯呀，而且你的文筆又那麼好。」

過往他聽過無數人稱讚他的文筆好，每一次他都會感到汗顏；但這一次聽到她這樣說，他竟沒有什麼感覺，因為他記得以前她也說過這樣的話——在他還未與她分開、甚至她還未曾看過他的故事時。

他聽見自己這樣回道：「其實也沒有什麼好……嗯，我也只是想告訴妳而已。」

「唔。」

她發出了這個單音，然後沒有再說什麼，兩人無言以對；同時間他亦察覺到，她的聲音似乎比起開頭時更帶倦意，他只好說：「嗯，太晚了，不打擾妳休息，下次再聊吧。」

「嗯，再見。」

「再見。」

他放下手機，然後慢慢抬頭望向夜空，只覺心裡的夢幻感，隨著通話終結而煙消雲散，自己仍是身在那實實在在的現實世界裡。

此刻他突然明白，自己也許是實現了年少時的夢想，但他與她之間的那個夢，甚至那條同行的軌跡，原來早就已經無疾而終。

有沒有成書，甚至有沒有那些故事，其實對於一切都不會有任何改變……

或許，一切故事都是因她而起；但來到這天，也應該是時候要正式告終。

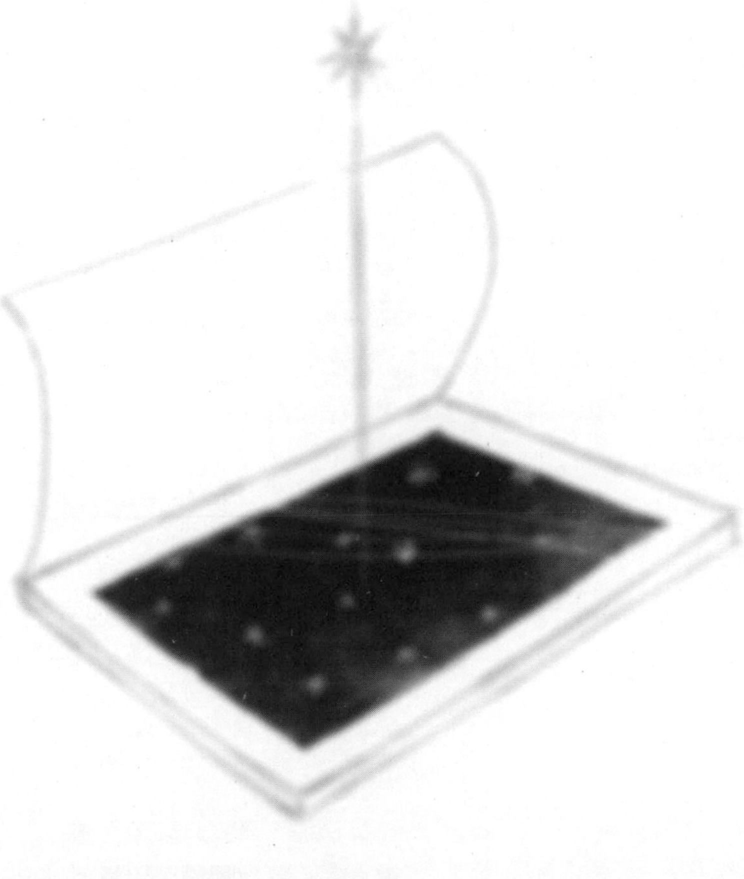

純屬虛構

MIDDLE 作品 02

純屬虛構 / middle著. -- 初版. -- 臺北市 : 春天出版國際, 2016.05
面； 公分. -- (Middle作品 ; 2)
ISBN 978-986-5607-30-2(平裝)

857.7 105006109

ISBN 978-986-5607-30-2
Printed in Taiwan

本書由香港格子盒作室gezi workstation授權出版

作者 middle
總編輯 莊宜勳
主編 鍾靈
協力 阿丁@ 格子盒作室（香港）
封面概念／插畫 靛
封面設計 克里斯
排版 三石設計

出版者 春天出版國際文化有限公司
地址 台北市信義路四段458號3樓
電話 02-7718-0898
傳真 02-7718-2388
E-mail story@bookspring.com.tw
網址 http://www.bookspring.com.tw
部落格 http://blog.pixnet.net/bookspring
郵政帳號 19705538
戶名 春天出版國際文化有限公司
法律顧問 蕭顯忠律師事務所
出版日期 二〇一六年五月初版

定價 250元

總經銷 楨德圖書事業有限公司
地址 新北市新店區寶興路45巷6弄6號5樓
電話 02-8919-3186
傳真 02-8914-5524

Middle

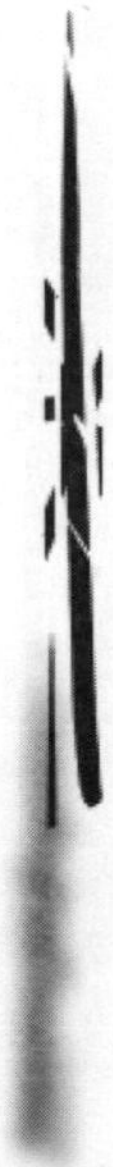

Middle